Classic American Short Stories

Nouvelles classiques américaines

Ernest Hemingway • Erskine Caldwell
John O'Hara • Stephen Crane
Mark Twain • Francis Bret Harte

Choix, traduction et notes par
Pierre MOREL

POCKET

LANGUES POUR TOUS

Collection dirigée par Jean-Pierre Berman, Michel Marcheteau et Michel Savio

ANGLAIS
Langue générale

☐ Pour s'initier avec un « tout en un » :
- **40 leçons pour parler anglais** [●●] (CD)

☐ Pour se perfectionner et connaître l'environnement :
- **Pratiquez l'anglais britannique en 40 leçons** [●●] (CD)
- **Pratiquez l'américain en 40 leçons** [●●] (CD)

☐ Pour se débrouiller rapidement :
- **L'anglais tout de suite !** [●●]

☐ Pour s'initier à l'anglais avant la 6ème :
- **40 leçons Juniors** [●●]

☐ Pour mieux s'exprimer et mieux comprendre :
- **Communiquez en anglais** [●●]

☐ Pour évaluer et améliorer votre niveau :
- **Score anglais : testez votre niveau**

☐ Pour s'aider d'ouvrages de référence :
- **Dictionnaire de l'anglais d'aujourd'hui**
- **Grammaire anglaise pour tous** (débutants)
- **Grammaire de l'anglais d'aujourd'hui** (2e cycle)
- **Correspondance pratique pour tous**
- **L'anglais sans fautes**
- **La prononciation de l'anglais** [●●]
- **Dictionnaire bilingue de l'argot d'aujourd'hui**
- **Vocabulaire de l'anglais moderne**

☐ Pour prendre contact avec des œuvres en version originale :
- **Série bilingue** (extrait du catalogue **avec plus de 45 ouvrages**) :

➡ Niveaux : ☐ facile (1er cycle) ☐☐ moyen (2e cycle) ☐☐☐ avancé

■ *À thème :*
- **L'humour anglo-saxon** ☐☐
- **Nouvelles Science-fiction américaines** ☐☐
- **L'anglais par les chansons** (CD)

■ *Auteurs anglais :*
- **Carroll (L.)** ☐☐
- **Dickens (Ch.)** ☐☐
- **Doyle (A.C.)** ☐☐
- **Greene (G.)** ☐☐
- **Shakespeare (W.)** ☐☐☐
- **Wilde (O.)** ☐
- **Nouvelles anglaises et américaines 1 et 2** ☐☐

■ *Auteurs américains :*
- **Bradbury (R.)** ☐☐
- **Chandler (R.)** ☐☐
- **Columbo** ☐☐
- **Hitchcock (A.)** ☐☐
- **James (H.)** ☐☐☐
- **King (Stephen)** ☐☐
- **Nouvelles classiques** ☐☐
- **Twain (M.)** ☐☐

[●●] (CD) = Existence d'un coffret : Livre + K7 et/ou CD
Attention ! Les cassettes ne peuvent être vendues séparément du livre.

Également :

ALLEMAND - ARABE - CHINOIS - CORÉEN - ESPAGNOL - FRANÇAIS - GREC - HÉBREU - HONGROIS - ITALIEN JAPONAIS - LATIN - NÉERLANDAIS - POLONAIS - PORTUGAIS - RUSSE - TCHÈQUE - TURC - VIETNAMIEN

Sommaire

Prononciation

Sons voyelles

[ɪ] **pit**, un peu comme le *i* de *site*

[æ] **flat**, un peu comme le *a* de *patte*

[ɒ] ou [ɔ] **not**, un peu comme le *o* de *botte*

[ʊ] ou [u] **put**, un peu comme le *ou* de *coup*

[e] **lend**, un peu comme le *è* de *très*

[ʌ] **but**, entre le *a* de *patte* et le *eu* de *neuf*

[ə] jamais accentué, un peu comme le *e* de *le*

Voyelles longues

[iː] **meet** [miːt] cf. *i* de *mie*

[ɑː] **farm** [fɑːm] cf. *a* de *larme*

[ɔː] **board** [bɔːd] cf. *o de gorge*

[uː] **cool** [kuːl] cf. *ou* de *mou*

[ɜː] ou [əː] **firm** [fəːm] cf. *e* de *peur*

Semi-voyelle :

[j] **due** [djuː], un peu comme *diou*...

Diphtongues (voyelles doubles)

[aɪ] **my** [maɪ], cf. *aïe !*
[ɔɪ] **boy**, cf. *oyez !*
[eɪ] **blame** [bleɪm] cf. *eille* dans *bouteille*
[aʊ] ou [aŭ] **now** [naʊ] cf. *aou* dans *caoutchouc*

[əʊ] ou [əu] **no** [nəʊ], cf. *e* + *ou*
[ɪə] **here** [hɪə] cf. *i* + *e*
[eə] **dare** [deə] cf. *é* + *e*
[ʊə] ou [uə] **tour** [tʊə] cf. *ou* + *e*

Consonnes

[θ] **thin** [θɪn], cf. *s* sifflé (langue entre les dents)
[ð] **that** [ðæt], cf. *z* zézayé (langue entre les dents)
[ʃ] **she** [ʃiː], cf. *ch* de *chute*

[ŋ] **bring** [brɪŋ], cf. *ng* dans *ping-pong*
[ʒ] **measure** ['meʒə], cf. le *j* de *jeu*
[h] le *h* se prononce ; il est nettement expiré

Accentuation

' accent unique ou principal, comme dans MOTHER ['mʌðə]
ˌ accent secondaire, comme dans PHOTOGRAPHIC [ˌfəʊtə'græfɪk]

* indique que le *r*, normalement muet, est prononcé en liaison ou en américain.

Comment utiliser la série « Bilingue » ?

Les ouvrages de la série « Bilingue » permettent aux lecteurs :

- d'avoir accès aux versions originales de textes célèbres, et d'en apprécier, dans les détails, la forme et le fond, en l'occurrence, ici, des nouvelles américaines ;
- d'améliorer leur connaissance de l'anglais, en particulier dans le domaine du vocabulaire dont l'acquisition est facilitée par l'intérêt même du récit, et le fait que mots et expressions apparaissent en situation dans un contexte, ce qui aide à bien cerner leur sens.

Cette série constitue donc une véritable méthode d'auto-enseignement, dont le contenu est le suivant :

- page de gauche, le texte en anglais ;
- page de droite, la traduction française ;
- bas des pages de gauche et de droite, une série de notes explicatives (vocabulaire, grammaire, rappels historiques, etc.).

Les notes de bas de page et la liste récapitulative à la fin de l'ouvrage aident le lecteur à distinguer les mots et expressions idiomatiques d'un usage courant et qu'il lui faut mémoriser, de ce qui peut être trop exclusivement lié aux événements et à l'art de l'auteur.

À la fin de chaque nouvelle une page de révision offre au lecteur une série de phrases types, inspirées du texte, et accompagnées de leur traduction. Il faut s'efforcer de les mémoriser.

Il est conseillé au lecteur de lire d'abord l'anglais, de se reporter aux notes et de ne passer qu'ensuite à la traduction ; sauf, bien entendu, s'il éprouve de trop grandes difficultés à suivre le texte dans ses détails, auquel cas il lui faut se concentrer davantage sur la traduction, pour revenir finalement au texte anglais, en s'assurant bien qu'il en a maintenant maîtrisé le sens.

Signes et principales abréviations utilisés dans les notes

▲	faux ami	*p.p*	participe passé
⚠	attention à	*qqch*	quelque chose
=	équivalent de	*qqn*	quelqu'un
≠	contraire	*sbd*	somebody
adj.	adjectif	*sth*	something
ex.	exemple	*syn.*	synonyme

Le mot à mot est donné entre guillemets.

Pierre MOREL - docteur en civilisation américaine et diplômé de l'Institut des Sciences Politiques de Paris, Pierre Morel est actuellement professeur d'anglais à l'École Supérieure de Commerce de Paris. Il a enseigné le français et l'anglais durant plusieurs années aux États-Unis et en Iran.

Il est l'auteur, en collaboration, du *Français commercial*, de *Score français*, de *Score, Civilisation USA*, de *Voyager aux États-Unis* et de *Comprendre l'anglais de la radio et de la télévision (US/GB)* parus chez Pocket, collection Langues pour tous.

Il s'intéresse également à l'enseignement assisté par ordinateur et à la communication internationale.

ISBN 2-266-09943-4

INTRODUCTION

Le genre littéraire appelé *short story* en anglais est né simultanément dans plusieurs pays d'Europe et aux Etats-Unis avec des auteurs comme E. T. A. Hoffmann et Johann Ludwig Tieck en Allemagne, Washington Irving, Edgar Allan Poe et Nathaniel Hawthorne aux Etats-Unis, Aleksandr Pouchkine et Nikolaï Gogol en Russie et enfin Prosper Mérimée, Théophile Gautier et Honoré de Balzac en France.

Les auteurs eux-mêmes ont hésité pour donner un nom à ce nouveau genre : *nouvelle* en français, parfois *Gemälde* (peinture) en allemand et *tale, strange story, sketch* ou *short story* en anglais, qui s'impose finalement au cours du XIXe siècle.

La popularité de ce genre, aux Etats-Unis en particulier, peut s'expliquer de deux manières ; d'abord, les auteurs américains, n'ayant pas participé au développement du roman au cours du XVIIIe siècle, étaient désireux de ne pas manquer le train d'un nouveau genre littéraire ; ensuite, la publication au cours du XIXe siècle d'un grand nombre de revues, magazines et périodiques de tous genres crée une forte demande pour de courtes œuvres écrites.

En 1842, Edgar Poe formule les principes qui doivent, selon lui, guider l'écrivain travaillant à composer des *short stories :*

> *Un écrivain adroit a inventé une histoire. S'il est sage, il n'a pas plié sa pensée pour l'adapter aux incidents de son histoire, mais ayant conçu avec un soin extrême un certain effet qu'il veut produire, il invente ensuite les incidents et combine alors au mieux les événements pour produire l'effet voulu.*
> *Que la première phrase même de son histoire ne tende pas à susciter cet effet, alors il a échoué dès les premiers pas. Dans toute sa pièce, aucun mot ne devrait être écrit s'il ne vise pas, directement ou indirectement, ce but établi à l'avance.*

Le lecteur français trouvera un triple intérêt aux *short stories* américaines. Il appréciera d'abord de lire des histoires écrites dans un style clair et vif, dont l'intrigue mène à cet « effet » évoqué par Poe. Il aura ensuite le plaisir de découvrir des « tranches de vie », de la couleur locale, car les *short stories* décrivent souvent des aspects insolites et inattendus des Etats-Unis. Enfin, et cela constitue un attrait considérable pour l'amateur de langue anglaise les *short stories* présentent une langue extrêmement vivante riche et variée, savoureuse, voire argotique.

Le choix des *short stories* contenues dans cet ouvrage obéit à un critère d'unité de temps. La période couverte va de 1850 à 1950, siècle durant lequel ce genre s'est développé pour conquérir ses lettres de noblesse. Il obéit également à un critère de variété ; variété des auteurs d'abord, avec, d'un côté des noms aussi connus que Twain, Caldwell ou Hemingway, et de l'autre des noms qui le sont moins du public français comme Crane, Harte ou O'Hara. On trouvera aussi la variété géographique avec des histoires qui ont pour cadre la Californie, les Montagnes Rocheuses, le Texas, le Vieux Sud ou encore la capitale fédérale. Enfin les situations dépeintes : mariage d'un shérif, scènes de la vie à la campagne, coulisses du pouvoir, rencontre entre vagabonds, vie d'un groupe d'exilés perdus dans la neige et concours de saut de grenouilles, offriront une mesure supplémentaire de variété au lecteur.

L'auteur recommande tout particulièrement au lecteur de prêter une attention soutenue aux dialogues : ils représentent, à l'opposé de la « langue de bois » utilisée par les médias ou les hommes d'affaires, la richesse, l'invention et la saveur d'une langue attachée à une terre, à une tradition et à un bon sens certain.

P.M.

Erskine CALDWELL (1903-1987)

Molly Cotton-Tail

Molly Queue-de-Coton

Né en Géorgie, dans le Vieux Sud des Etats-Unis, d'un père missionnaire itinérant, Erskine Caldwell côtoie tout au long de sa jeunesse les « pauvres blancs ». Adulte, il exerce une multitude de petits boulots qui complètent sa connaissance de ce milieu.

Il est surtout connu pour trois romans : *Tobacco Road* (1932), *God's Little Acre* (1933) et *Trouble in July* (1940). Sa production de nouvelles reste trop méconnue. Un apport original de l'auteur est l'excellente transcription des accents du Sud des Etats-Unis.

My aunt[1] had come down South to visit us and we were all sitting around the fireplace talking. Aunt Nellie did most of the talking and my mother the rest of it[2]. My father came in occasionally for a few minutes at a time and then went out again to walk around the house and sit in the barnyard[3]. He and Aunt Nellie did not get along together[4] at all. Aunt Nellie was sure she was smarter[5] than anybody else and my father did not want to get into an argument[6] with her and lose his temper[7].

Aunt Nellie's husband had gone down to Florida on a hunting trip and she came as far as Carolina to see us while he was away. My uncle was crazy about hunting and spent all his spare time away from home gunning for game[8].

"Bess," Aunt Nellie asked my mother, "does Johnny like to hunt ?" She nodded[9] impersonally toward me where I sat by the fireplace.

My mother said I did not. And that was true. I like to catch rabbits and squirrels for pets[10] but I did not want to kill them. I had a pet hen right then[11] ; she had been run over by a buggy[12] wheel when she was growing up[13] and one of her legs was broken. I hid her in the barn so my father would not know about her[14]. She stayed there about two weeks and when the leg had healed I let her out in the yard with the other chickens.

---

1. ⚠ deux prononciations possibles : [ænt] (US) ou [a:nt] (GB).
2. « *Tante Nellie faisait la plupart de la conversation et ma mère le reste.* »
3. « *cour de la grange* ».
4. « *n'allaient pas ensemble* » ; **to get along with someone** : *s'entendre avec qqn.*
5. ⚠ cet adjectif signifie *intelligent, astucieux ;* pour dire le français *chic (être chic),* utiliser **smart-looking** ou **elegant**, ou même, pour faire plus chic : **chic**.
6. ⚠ **an argument** peut être *une conversation animée, une dispute* ou tout simplement *un argument* comme en français.
7. « *perdre son humeur* » ; **an even-tempered person** : *une personne à l'humeur égale.*

Ma tante était descendue dans le Sud pour nous rendre visite et nous étions tous assis à deviser autour de la cheminée. Tante Nellie parlait presque tout le temps et ma mère avait du mal à placer quelques mots. Mon père parfois rentrait, restait quelques minutes et ensuite ressortait pour faire le tour de la maison et s'asseoir dans la basse-cour. Lui et tante Nellie ne s'entendaient pas du tout. Tante Nellie était sûre d'être plus intelligente que quiconque et mon père ne voulait pas entamer une dispute avec elle et se mettre en colère.

Le mari de tante Nellie était descendu en Floride pour chasser et elle était venue jusqu'en Caroline pour nous rendre visite pendant ce temps. Mon oncle était fou de chasse et passait tout son temps libre hors de chez lui à tirer sur du gibier.

« Bess », demanda tante Nellie à ma mère, « est-ce que Johnny aime chasser ? » Elle fit un signe de tête impersonnel dans la direction où j'étais assis près de la cheminée.

Ma mère répondit que non. Et c'était vrai. J'aime bien attraper des lapins et des écureuils pour les apprivoiser mais je ne voulais pas les tuer. A cette époque-là, j'avais une poule apprivoisée. Elle avait été écrasée par la roue d'un buggy quand elle était petite et l'une de ses pattes était cassée. Je la cachai dans la grange pour que mon père ignore son existence. Elle y resta environ deux semaines et quand la patte fut guérie, je la relâchai dans la cour avec les autres poulets.

---

8. *« à tirer des coups de fusil pour avoir du gibier » ;* **wild game** : *les animaux sauvages.*
9. ⚠ **to nod** peut vouloir dire *acquiescer ;* il décrit le mouvement de haut en bas de la tête : ≠ **to shake one's head,** *tourner la tête de droite à gauche, dire non.*
10. *« pour en faire des animaux familiers ».*
11. **right** vient renforcer le sens de **then :** *à ce moment précis.*
12. voiture légère tirée par un cheval.
13. *« quand elle grandissait ».*
14. *« ne saurait pas à son sujet ».*

When my father did[1] find her he said she would not have to be killed[2] if I would take care of her and feed her because she could not scratch for worms like the other chickens.

Her leg healed all right[3], but it was crooked[4] and she limped every step she took[5].

"Well," Aunt Nellie said to my mother, "that is a shame[6]. If he doesn't like to hunt he won't grow up to be[7] a real Southern gentleman[8]."

"But, Nellie," my mother protested for me, "Johnny does not like to kill things[9]."

"Nonsense," Aunt Nellie said derisively. "Any man who is a real Southern gentleman likes to hunt. The Lord only knows what he will turn out to be[10]."

My father would have taken up for me[11] too if he had been in the room just[12] then. My father did not like to kill things either[13].

"I'm disappointed in having a nephew who is not a real Southern gentleman. He will never be one if he never goes hunting," Aunt Nellie always talked a long time about the same thing once she got started[14].

I was not greatly interested in[15] being a real Southern gentleman when I grew up, but I did not want her to talk about me that way. Every summer she wrote my mother a letter inviting me up[16] to her home in Maryland, and I wanted to go again this year.

My father heard what she said and went out in the back-yard and threw pebbles against the barn side.

---

1. **did** renforce le sens de **find** ; pourrait se traduire par *effectivement :... la trouva effectivement...*
2. *« n'aurait pas à être tuée ».*
3. ⚠ ne veut pas dire : *toute droite,* mais bien : *comme il faut, de façon satisfaisante.*
4. ⚠ à la prononciation ['krʊkɪd] ; comme **learned** dans **a learned person** : *une personne savante.*
5. **to take a step** : *faire un pas* ou *effectuer des démarches.*
6. *« c'est une honte » ;* mais souvent, comme ici, le sens est moins fort.
7. *« il ne grandira pas pour être ».*
8. **a real Southern gentleman** : l'origine noble des premiers colons du Sud des Etats-Unis se retrouve dans le goût de leurs descendants pour un certain raffinement des manières et des occupations « nobles », comme la chasse ou la pêche.

Quand mon père finit par la trouver, il dit qu'il ne serait pas nécessaire de la tuer si je voulais m'en occuper et la nourrir, car elle ne pouvait pas gratter la terre pour trouver des vers comme les autres poulets.

Sa patte guérit bien, mais elle était tordue et elle boitait à chaque pas qu'elle faisait.

« Eh bien », dit tante Nellie à ma mère, « c'est bien dommage. S'il n'aime pas chasser, il ne deviendra pas un véritable gentilhomme du Sud. »

« Mais, Nellie », protesta ma mère pour moi, « Johnny n'aime pas tuer les bêtes. »

« Balivernes », dit tante Nellie d'une voix moqueuse. « Tout homme qui est un véritable gentilhomme du Sud aime la chasse. Le Seigneur seul sait ce qu'il deviendra. »

Mon père m'aurait défendu également s'il avait été dans la pièce à ce moment précis. Mon père n'aimait pas tuer les bêtes non plus.

« Je suis déçue d'avoir un neveu qui n'est pas un véritable gentilhomme du Sud. Il ne le deviendra jamais s'il ne va jamais chasser. » Tante Nellie parlait toujours longtemps de la même chose une fois qu'elle avait commencé.

Cela ne m'intéressait pas particulièrement de devenir un gentilhomme du Sud quand je grandirais, mais je ne voulais pas qu'elle parle de moi ainsi. Chaque été elle écrivait une lettre à ma mère pour m'inviter chez elle dans le Maryland, et je voulais y retourner cette année.

Mon père entendit ce qu'elle dit et sortit dans la cour de derrière et jeta des petits cailloux contre le côté de la grange.

---

9. *« tuer des choses »*.
10. *« comment il s'avérera être » ;* autre traduction possible : *comment il tournera*.
11. *« aurait pris fait et cause pour moi »*.
12. **just** renforce **then ;** = **right** (voir note 11, page 11).
13. **either :** deux prononciations possibles : ['aɪðə(r)] ou ['ɪ:ðə(r)].
14. *« elle devenait commencée »* = **once she started.** Noter l'utilisation populaire de **to get** plus participe passé au lieu du verbe simple.
15. ⚠ utilisation de la préposition **in** après **interested.**
16. **up** = *dans le nord, vers le nord.* On dit aussi : **up north** et **down south.**

I went into the dining room where the shotgun [1] was kept and took it off the rack. The gun was fired off [2] to scare crows when they came down in the spring to pull up the corn sprouts in the new ground [3]. My father never aimed [4] to kill the crows [5] : he merely fired off the shotgun to make the crows so gun-shy [6] they would not come back to the cornfield.

Taking the shotgun and half a dozen shells I went out the front door [7] without anybody seeing me leave. I went down the road towards the schoolhouse at the crossroads. I had seen dozens of rabbits down at the first creek [8] every time I went to school and came home. They were large rabbits with gray backs and white undercoats [9]. All of them had long thin ears and a ball of white fur on their tails. I liked then a lot [10].

At the first creek I stopped on the bridge and rested against the railing. In a few minutes I saw two rabbits hop [11] across the road ahead [12]. Picking up the gun I started after them [13]. A hundred yards from the bridge the road had been cut down into the hill and the banks [14] on each side were fifteen and twenty feet high. At this time of year when there was nearly always a heavy frost [15] each morning the bank facing the south was the warmer [16] because the sun shone against it most of the day. I had seen several rabbits sitting in holes [17] in the bank and I was sure that was where these rabbits were going now.

---

1. ⚠ **shotgun** = *fusil de chasse* et rifle = *carabine.*
2. « *le fusil était tiré* » ; noter : to shoot a gun.
3. « *le terrain neuf* » ; to break new ground : *défricher* la forêt, *explorer* de nouveaux domaines (de la science par exemple).
4. noter l'ambiguïté sur **aimed** qui veut dire à la fois *viser* et *avoir l'intention.*
5. ⚠ prononciation [krəuz].
6. « *timide devant un fusil* » ; **shy** peut s'utiliser ainsi dans d'autres expressions : crowd-shy ; girl-shy...
7. noter l'expression **to go out a door.**
8. ⚠ prononciation [krɪk] avec [ɪ] bref usuelle dans le Sud ; ce mot est utilisé pour toutes les petites rivières. Le mot **river** ne s'applique qu'à de grosses rivières ou des fleuves.
9. « *fourrure de dessous blanche* ».

J'allai dans la salle à manger où on gardait le fusil de chasse et le pris de son râtelier. On se servait du fusil pour effrayer les corbeaux quand ils venaient au printemps arracher les pousses de maïs dans le sol fraîchement retourné. Mon père ne visait jamais pour tuer les corbeaux : il tirait seulement pour que les corbeaux prennent tellement peur à la vue du fusil qu'ils ne reviendraient pas dans le champ de maïs.

Prenant le fusil et une demi-douzaine de cartouches je sortis par la porte de devant sans que quiconque me voie. Je descendis la route vers l'école, au carrefour. J'avais vu des douzaines de lapins à la première rivière à chaque fois que j'allais à l'école et en revenais. C'étaient de gros lapins au dos gris et au ventre recouvert de fourrure blanche. Tous avaient de longues oreilles minces et une boule de fourrure blanche sur la queue. Je les aimais beaucoup.

A la première rivière je m'arrêtai sur le pont et m'appuyai à la rambarde. Quelques minutes après, je vis deux lapins traverser la route en sautant devant moi. Ramassant mon fusil je les suivis. A cent mètres du pont, la route avait été taillée dans la colline et les talus de chaque côté avaient de quinze à vingt pieds de haut. A cette époque de l'année où il y avait presque toujours beaucoup de gelée blanche chaque matin, le talus tourné vers le sud était le plus chaud car les rayons du soleil le frappaient presque tout le jour. J'avais vu plusieurs lapins qui gîtaient dans des trous dans le talus et j'étais sûr que c'était là où les lapins allaient maintenant.

---

10. **a lot :** *une grosse quantité ;* remplace souvent **much.**
11. *faire de petits sauts ;* **hop-Scotch** : *la marelle.*
12. **ahead :** sous-entendu **of me** = *devant moi.* ≠ **behind.**
13. « *je commençai après eux* ». Noter ce sens de **after : The police are after that thief** : *La police est à la recherche de ce voleur.*
14. ce mot signifie également *la rive* d'une rivière.
15. « *une lourde gelée blanche* ».
16. noter l'utilisation du comparatif quand il s'agit du plus chaud, fort, beau... de **deux** choses ; mais on dirait **the warmest of the three blankets.**
17. « *assis dans des trous* ».

Sure enough [1] when I got there a large gray-furred rabbit was sitting on the sunny bank backed into [2] a hole.

When I saw the rabbit I raised the shotgun to my shoulder [3] and took good aim [4]. The rabbit blinked her eyes and chewed a piece of grass she [5] had found under a log somewhere. I was then only ten or twelve feet away [6] but I thought I had better get closer so I should [7] be certain to kill her. I would take the rabbit home and show my aunt. I wanted her to invite me to spend the summer at her house again.

I edged [8] closer and closer to the rabbit until I stood in the drain ditch [9] only three feet from her. She blinked her eyes and chewed on the grass. I hated to [10] kill her because she looked as if she wanted to live and sit on the sunny bank chewing grass always. But my Aunt Nellie thought a boy should be a sportsman [11] and kill everything in sight [12].

There was nothing else I could do. I would have to shoot the poor rabbit and take her back for my aunt to see.

I took steady [13] aim along the center of the double-barreled shotgun, shut both eyes, and pulled the triggers one after the other. When I opened my eyes the rabbit was still sitting there looking at me. I was so glad after the gun went off that the rabbit was not dead that I dropped the gun and crawled up the bank and caught the rabbit by her long ears. I lifted her in my arms and held her tightly [14] so she could not run away. She was so frightened by the gunshots she was trembling all over [15] like a whipped [16] dog.

---

1. « *assez sûrement* » = *comme de bien entendu* ; très fréquent en langue parlée.
2. « *rentré à reculons* » ; **to back :** *reculer* (to back a car into a garage), mais aussi : *soutenir qqn.* (The party will back M. So-and-so for the election.)
3. « *je levai le fusil à mon épaule* ».
4. « *pris une bonne visée* ».
5. noter l'emploi du féminin pour un animal familier, aimé du jeune garçon ; remarquer que le père utilisera le neutre : it, its.
6. noter : **to be 3 feet away** (from something) : *être à un mètre de qqch.*

Comme je l'avais prévu, quand j'y arrivai, un gros lapin à fourrure grise était tapi sur le talus ensoleillé, à moitié rentré dans un trou.

Quand je vis le lapin j'épaulai et visai bien. Le lapin cligna des yeux et mâchonna un brin d'herbe qu'il avait trouvé sous une bûche quelque part. Je n'en étais alors qu'à dix ou douze pieds mais je pensai que je ferais mieux de me rapprocher pour être sûr de le tuer. Je ramènerais le lapin à la maison et le montrerais à ma tante. Je voulais qu'elle m'invite à nouveau à passer l'été chez elle.

Je m'approchai tout doucement du lapin jusqu'à ce que je me tienne dans le fossé à trois pieds seulement de lui. Il cligna des yeux et continua à mâchonner l'herbe. Je m'en voulais de le tuer car il semblait vouloir toujours vivre et rester tapi sur le talus ensoleillé à mâcher de l'herbe. Mais ma tante Nellie pensait qu'un jeune garçon devait être un chasseur et tuer tout ce qu'il voyait.

Je ne pouvais rien faire d'autre. Il fallait que je tire sur ce pauvre lapin et que je le ramène pour que ma tante le voie.

Je visai fixement le long du centre du fusil à deux canons, fermai les yeux et pressai les détentes l'une après l'autre. Quand je rouvris les yeux le lapin était toujours tapi là et me regardait. J'étais tellement heureux que le lapin ne soit pas mort après que les coups furent partis que je lâchai le fusil et rampai le long du talus et attrapai le lapin par ses longues oreilles. Je le soulevai dans mes bras et le tins pressé contre moi pour qu'il ne puisse pas s'échapper. Il avait été tellement effrayé par les coups de feu qu'il tremblait de tout son corps comme un chien battu.

---

7. **should** renforce ici le sens de **be** = *être absolument certain.*
8. = *s'avancer subrepticement.*
9. « *le fossé pour drainer* ».
10. **to hate :** *haïr, détester ;* d'où : *cela me déplaisait fort.*
11. ⚠ **a sportsman** est avant tout *un chasseur ; c'est un sportif* se dirait : **He likes sports.**
12. « *toute chose en vue* ».
13. **steady :** *sans trembler, ferme.*
14. **tight :** *serré ;* on pourrait dire : **I held her tight.**
15. « *tremblait partout* ».
16. « *un chien fouetté* » ; **a whip** : *un fouet.*

When I put her in my arms she snuggled [1] her nose against my sweater [2] and stopped quivering [3] while I stroked [4] her fur.

Holding the rabbit tight in my right arm I picked up the shotgun and ran home as fast as I could.

My father was still sitting in the back yard when I got [5] there.

"What's that you've got under your arm ?" he asked.

"A rabbit," I told him.

"How did you catch it [6] ?"

"I shot at her and missed [7] her. Then I caught her by the ears and brought her home."

"Look here [8], Johnny," he said to me. "You didn't shoot at that rabbit while it was sitting down, did you ?"

"I guess [9] I did," I admitted ; adding hastily, "but I didn't hit [10] her, anyway."

"Well, it's a good thing you didn't hit it. A good sportsman never shoots at a rabbit while it is sitting down. A good sportsman never shoots at a bird until it flies. A real sportsman always gives the game [11] he is after [12] a chance for its life."

"But Aunt Nellie said I had to kill something and she didn't say not to kill things standing still."

"You stop [13] paying any attention to your Aunt Nellie. She doesn't know what she's talking about anyway."

---

1. **to snuggle :** *se mettre bien à l'aise, au chaud, dans un endroit confortable.*
2. ▲ prononciation ['swetə(r)].
3. noter la forme en -ing après **to stop : Let's stop reading.**
4. **to stroke** *(caresser)* est un verbe régulier ; ne pas le confondre avec **to strike (struck, stricken)** *(frapper)* ni le substantif **stroke** *(un coup).*
5. utilisation populaire de **to get** pour **to arrive : I got here on time** *(je suis arrivé à temps).*
6. le père utilise le neutre pour désigner le lapin.
7. **to miss :** ici *louper, manquer ;* **I miss her :** *Elle me manque.* **She misses me :** *Je lui manque.*
8. « *regarde ici* » = *regarde-moi bien.* Expression utilisée pour attirer l'attention d'une personne sur ce qu'on va dire.

Quand je le mis dans mes bras, il blottit son nez contre mon chandail et cessa de trembler pendant que je caressais sa fourrure.

Tenant le lapin bien serré dans mon bras droit je ramassai le fusil et courus à la maison aussi vite que je pouvais.

Mon père était encore assis dans la cour de derrière quand j'y arrivai.

« Qu'est-ce que tu as donc sous ton bras ? » demanda-t-il.

« Un lapin », dis-je.

« Comment l'as-tu attrapé ? »

« J'ai tiré et je l'ai manqué. Ensuite je l'ai attrapé par les oreilles et je l'ai ramené à la maison. »

« Ecoute bien ce que je te dis, Johnny », me dit-il, « tu n'as pas tiré sur ce lapin pendant qu'il était immobile, n'est-ce pas ? »

« Je crois bien que si », avouai-je, ajoutant rapidement, « mais je ne l'ai pas touché, de toute façon. »

« Eh bien, c'est une bonne chose que tu ne l'aies pas touché. Un bon chasseur ne tire jamais sur un lapin quand il est immobile. Un bon chasseur ne tire jamais sur un oiseau s'il ne vole pas. Un véritable chasseur donne toujours une chance de sauver sa vie au gibier qu'il poursuit. »

« Mais, tante Nellie a dit que je devais tuer quelque chose et elle n'a pas dit de ne pas tirer sur les bêtes immobiles. »

« Arrête donc de faire attention à ta tante Nellie. Elle ne sait pas de quoi elle parle de toute façon. »

---

9. **to guess :** *deviner ;* souvent utilisé pour signifier : *je pense, je crois.* On trouve également dans ce sens : **to reckon.**

10. = *frapper ;* syn. **to strike** ; signifie également : *toucher une cible ;* **to hit a target** ; ≠ **to miss a target.**

11. **game** voir note 8, page 11.

12. *« il est après » ;* voir note 13, page 15.

13. il s'agit d'un impératif, normalement sans **you** ; le **you** ne fait que renforcer l'importance du conseil.

I let[1] my father hold the rabbit while I fixed[2] a box to keep her in. When I was ready I put her in it and shut her up[3] tight.

"What are you going to do with the rabbit ?" he asked me.

"Keep her."

"I wouldn't put it in a box[4]," he said with a queer[5] look on his face. "If it wants to stay it won't run off[6]. And if it doesn't want to stay it will worry itself to death[7] in that box all the time. Turn it loose[8] and let's see what it will do."

I was afraid to turn my rabbit loose because I did not want her to run away. But my father knew a lot more about rabbits than I did. Just then Aunt Nellie and my mother came out on the back porch[9].

"What have you got[10] there in the box ?" Aunt Nellie asked me.

"A rabbit," I said.

"Where did you get it[11] ?"

"I shot at her with the gun but I didn't hit her and she didn't run away so I brought her home."

My aunt turned to my mother in disgust.

"There you are[12], Bess ! What did I tell you ?"

I did not hear what my mother said. But my father got up and went down to the barn. Aunt Nellie went into the house and slammed shut the door[13] behind her. My mother stood looking at me for several minutes as if I had done the right thing after all[14].

---

1. ⚠ **Let me hold it** : *Laisse-moi le tenir ;* mais **Leave me alone** : *Laisse-moi tranquille.*
2. **to fix :** *préparer* (We will fix dinner now), mais aussi *réparer* (Can you fix our TV set ?).
3. le sens premier de **to shut somebody up** est : *enfermer quelqu'un ;* ⚠ l'expression veut également dire : *exiger qu'il se taise (qu'il la ferme).*
4. sous-entendu : **if I were you** *(si j'étais toi ; à ta place).*
5. syn. : **strange, weird.**
6. syn. : **to run away, to escape.**
7. noter l'expression **to worry oneself to death :** *se faire un sang d'encre.*
8. **loose :** ⚠ prononciation [lu:s] : *lâche, desserré ;* **My shoes are a bit loose** : *Mes chaussures sont un peu trop grandes.* ≠ : **tight.**

Je laissai mon père tenir le lapin pendant que je préparais une caisse pour le garder. Quand je fus prêt, je le mis dedans et l'enfermai bien.

« Que vas-tu faire du lapin ? » me demanda-t-il.

« Le garder. »

« Je ne le mettrais pas dans une caisse », dit-il, le visage traversé d'une expression étrange. « S'il veut rester il ne s'échappera pas. Et s'il ne veut pas rester il s'ennuiera à mourir à rester tout le temps dans cette caisse. Relâche-le et voyons ce qu'il fera. »

J'avais peur de relâcher mon lapin parce que je ne voulais pas qu'il s'échappe. Mais mon père en savait plus long que moi sur les lapins. A ce moment précis, tante Nellie et ma mère sortirent sur la véranda de derrière.

« Qu'est-ce que tu as là dans cette boîte ? » me demanda tante Nellie.

« Un lapin », dis-je.

« Où l'as-tu eu ? »

« J'ai tiré dessus avec le fusil, mais je ne l'ai pas touché et il ne s'est pas sauvé, alors je l'ai amené à la maison. »

Ma tante se tourna vers ma mère, remplie de dégoût.

« Vous y voilà, Bess ! Qu'est-ce que je vous avais dit ? »

Je n'entendis pas ce que ma mère répondit. Mais mon père se leva et prit la direction de la grange. Tante Nellie rentra dans la maison et claqua la porte derrière elle. Ma mère resta quelques minutes à me regarder comme si, après tout, j'avais fait exactement ce qu'il fallait faire.

---

9. les maisons traditionnelles du Sud ont un **front porch,** côté rue, où l'on passe la soirée au frais à discuter et un **back porch,** côté cour ou jardin, qui sert souvent d'annexe à la cuisine.
10. on n'emploie plus **what do you have ?** ; l'emploi de **to get** permet une construction plus simple, sans **do.**
11. noter le sens de **to get :** *obtenir, trouver.*
12. **There she comes ! :** *la voilà ! ;* **Here I am ! :** *me voici ! ;* **Here you are, sir ! :** *voici, monsieur !*
13. noter l'expression **to slam the door shut** (open).
14. *« comme si j'avais fait la chose convenable* (appropriée), *après tout. »*

Taking the rabbit out of the box I went down to the barn [1] where my father was. He was sitting against the barn side shelling [2] an ear of corn [3] for half a dozen chickens around him. I sat down beside [4] him and turned the rabbit loose. The rabbit hopped around and around and then sat down and looked at us.

"Why don't you name it Molly Cotton-Tail ?" my father suggested, throwing a handful of shelled corn to the chickens.

"What does that mean ?" I asked.

"There are two kinds [5] of rabbits around here : jack rabbits and molly cotton-tails. That one has a cotton-tail — see the ball of white fur on its tail that looks like a boll [6] of cotton ?"

The rabbit hopped around and around again and sat down on her cotton-tail. The chickens were not afraid of her. They went right up to [7] where she sat and scratched for corn just as if she had been a chicken too.

"Why don't you go into the garden and get a head of lettuce for it ? Get a good tender one out of the hot-bed [8]. All rabbits like lettuce," he said.

I got the lettuce and gave it to my rabbit. She hopped up to where we sat against the barn side, asking for more. I gave her all I had and she ate out of my hand [9].

"If you had killed that rabbit with the gun you would be sorry [10] now," my father said.

---

1. ⚠ **a barn :** *une grange* (pour le foin) ; **a stable :** *une écurie* (pour les chevaux) ; **a cow-shed** : *une étable* (pour les vaches).

2. ce verbe veut dire *égrener* un épi de maïs, mais aussi *bombarder ;* a shell, *un obus* ; a également le sens plus commun de *coquillage* (sea-shells).

3. **an ear of corn : an ear** : *une oreille, un épi ;* ⚠ corn (US) : *le maïs,* corn (GB) : *le blé ;* aux USA *le blé* se dit wheat et en Grande-Bretagne *le maïs,* maize.

4. ⚠ ne pas confondre **beside,** syn. close to, near, by et besides *(de plus, en outre),* syn. : moreover, on top of that.

5. ⚠ on dit : There is one kind, mais **There are two kinds.**

6. **cotton-boll :** *le coton mûr,* en boule blanche, comme on le voit dans les champs.

Sortant le lapin de la caisse, je descendis vers la grange où était mon père. Il était adossé à la grange en train d'égrener un épi de maïs pour une demi-douzaine de poulets autour de lui. Je m'assis à côté de lui et lâchai le lapin. Le lapin fit des tours et des tours en sautant puis s'immobilisa et nous regarda.

« Pourquoi ne l'appelles-tu pas Molly Queue-de-Coton ? » suggéra mon père tout en lançant une poignée de maïs égrené aux poulets.

« Qu'est-ce que cela veut dire ? » demandai-je.

« Il y a deux sortes de lapins par ici : les lièvres et les lapins de garenne. Celui-là a une queue de coton — vois-tu cette boule de fourrure blanche sur sa queue qui ressemble à une capsule de coton ? »

Le lapin refit quelques tours en sautant et s'assit sur sa queue de coton. Les poulets n'en avaient pas peur. Ils allaient jusqu'à l'endroit où il se trouvait et grattaient pour trouver du maïs tout comme s'il avait été un poulet aussi.

« Pourquoi ne vas-tu pas au jardin lui chercher une tête de laitue ? Prends-en une bien tendre dans le châssis. Tous les lapins aiment la laitue », dit-il.

J'allai chercher la laitue et la donnai à mon lapin. Il s'avança en sautant vers l'endroit où nous étions adossés à la grange pour en redemander. Je lui donnai tout ce que j'avais et il mangea dans ma main.

« Si tu avais tué ce lapin avec le fusil, tu le regretterais maintenant », dit mon père.

---

7. **right** insiste sur la proximité : *jusqu'à le toucher.*
8. *« parterre chaud » ;* **a bed of flowers :** *un parterre, un massif de fleurs.*
9. *« il mangea hors de ma main » ;* comme on dit en anglais : **to drink out of a glass, to eat out of a plate** *(boire dans un verre, manger dans une assiette).*
10. *« tu serais désolé » ;* noter l'expression : **You'll be sorry for it** *(Tu le regretteras).*

Anybody could see that he was beginning to like my rabbit a lot.

She hopped around and around in front of us, playing with the chickens. The chickens liked her, too.

"I'd lots[1] rather have her living than dead," I said, suddenly realizing[2] how much I liked her myself.

Molly hopped up between us and nibbled at my father's hand. He reached[3] to stroke her fur with his hand but she hopped away.

"Whoa[4] there, sooky[5]," he soothed, reaching for[6] our rabbit.

---

1. **lots :** *des tas de* (**He ate lots of pancakes :** *Il a mangé des tas de crèpes) ;* ici : *de beaucoup, de loin ;* syn. : **by far.**
2. **⚠ to realize :** *se rendre compte :* syn. : **to become aware of** ; pour dire le français *réaliser* utiliser : **to carry out** (**to carry out a survey :** *réaliser une enquête*) ou **to (make) come true** (**His dream finally came true :** *Son rêve s'est finalement réalisé ; il a fini par réaliser son rêve*).
3. *« atteindre » ;* **to reach for :** *tendre la main vers, chercher à atteindre ;* **he reached for the light-switch :** *il tendit la main vers le bouton électrique.*
4. cri adressé à un animal de trait pour le faire arrêter ou pour qu'il se tienne tranquille.
5. ['sʌkɪ] : terme utilisé pour calmer un animal, une vache en particulier ; du verbe **to suck :** *téter ;* **sooky :** *mon têtard.*
6. voir note 3.

N'importe qui pourrait voir qu'il commençait à beaucoup aimer mon lapin.

Celui-ci fit des tours en sautant devant nous, jouant avec les poulets. Les poulets l'aimaient bien aussi.

« Je préfère de loin l'avoir vivant que mort », dis-je, me rendant compte soudain combien je l'aimais moi-même.

Molly sauta entre nous et mordilla la main de mon père. Il tendit la main pour caresser sa fourrure mais il fit un bond pour s'échapper.

« Doucement, mon beau », dit-il pour le calmer, en tendant la main vers notre lapin.

Révisions

Vous avez rencontré en lisant cette nouvelle les équivalents américains des expressions suivantes. Vous en souvenez-vous ?

1. Mon père et Nellie ne s'entendaient pas du tout.
2. J'aimais attraper les lapins pour les apprivoiser.
3. S'il n'aime pas chasser, il ne deviendra jamais un gentilhomme du Sud.
4. Elle écrivait chaque été une lettre à ma mère pour m'inviter chez elle dans le Nord.
5. A cette époque de l'année, il y avait presque toujours de la gelée blanche.
6. Je m'en voulais de le tuer, car il semblait vouloir vivre toujours.
7. Un véritable chasseur donne toujours au gibier qu'il poursuit une chance de sauver sa vie.
8. Elle ne sait pas de quoi elle parle.
9. Elle m'a regardé comme si j'avais fait exactement qu'il fallait faire.
10. Si tu avais tué ce lapin, tu le regretterais maintenant.

1. **My father and Nellie did not get along at all.**
2. **I liked to catch rabbits for pets.**
3. **If he doesn't like to hunt, he will not grow up to be a real Southern gentleman.**
4. **Every summer she wrote my mother a letter inviting me up to her home.**
5. **At this time of the year, there was almost always a heavy frost.**
6. **I hated to kill her because she looked as if she wanted to live always.**
7. **A real sportsman always gives the game he is after a chance for his life.**
8. **She doesn't know what she is talking about.**
9. **She looked at me as if I had done the right thing.**
10. **If you had killed that rabbit, you would be sorry now.**

Ernest HEMINGWAY (1899-1961)

The Battler

Le champion

Originaire de l'Illinois dans le Middle West, Hemingway est d'abord journaliste pour le *Kansas City Star.* Durant la Première Guerre mondiale, il est ambulancier ; il est blessé en Italie. Après la guerre, il revient à Paris comme correspondant du *Toronto Star,* fréquente la nombreuse communauté d'expatriés américains et voyage beaucoup en Europe.

Ses romans les plus connus, *Le soleil se lève aussi* (1926), *L'adieu aux armes* (1929), *Pour qui sonne le glas* (1940) et *Le vieil homme et la mer* (1952) lui vaudront le prix Nobel en 1953.

Son style concis, clair et presque « cinématographique » a influencé un grand nombre d'écrivains tant aux Etats-Unis qu'en Europe.

Nick stood up. He was all right[1]. He looked up[2] the track at the lights of the caboose going out of sight around the curve. There was water on both sides of the track, then tamarack swamp.

He felt of[3] his knee. The pants were torn and the skin was barked. His hands were scraped and there were sand and cinders driven up under his nails. He went over to the edge of the track down the little slope[4] to the water and washed his hands. He washed them carefully in the cold water, getting the dirt out from the nails. He squatted down and bathed his knee.

That lousy crut[5] of a brakeman. He would get him some day. He would know[6] him again. That was a fine way to act.

"Come here, kid," he said. "I got something for you."

He had fallen for[7] it. What a lousy kid thing[8] to have done.

They would never suck[9] him in that way again.

"Come here, kid, I got something for you." Then *wham*[10] and he lit[11] on his hands and knees beside the track.

Nick rubbed his eye. There was a big bump coming up. He would have a black eye, all right[12]. It ached[13] already. That son of a crutting[14] brakeman.

He touched the bump over his eye with his fingers. Oh, well, it was only a black eye. That was all he had gotten out of it. Cheap at the price[15].

---

1. *« il allait bien » ;* cette expression peut référer à la bonne santé d'une personne ou simplement au fait que rien de grave ne lui est arrivé ; autre traduction possible : *il n'avait rien.*
2. **up** traduit ici l'idée de : *plus loin, devant lui.*
3. **to feel of :** *examiner* (une blessure par exemple) en la tâtant de la main.
4. *« il passa au-dessus du bord de la voie en bas d'une petite côte ».*
5. **lousy,** de louse (plur. : lice) : *le poux ;* signifie : *pouilleux, de mauvaise qualité ;* **crut :** variation de crud ou curd : *le lait caillé, le grumeau,* ou *qqch. de peu ragoûtant.*
6. ⚠ ici **to know** veut dire *reconnaître.*

Nick se leva. Il n'était pas blessé. Il regarda la voie devant lui à la lumière du wagon de queue qui disparaissait dans une courbe. Il y avait de l'eau des deux côtés de la voie et, au-delà, un marais planté de mélèzes.

Il porta la main à son genou. Le pantalon était déchiré et la peau écorchée. Il avait les mains égratignées et les ongles noircis de sable et d'escarbilles. Il descendit le remblai pour aller au bord de l'eau se laver les mains. Il les lava avec soin dans l'eau froide, retirant la saleté de dessous les ongles. Il s'accroupit et se nettoya le genou.

Cette saloperie de garde-frein. Il l'aurait un de ces jours. Il le reconnaîtrait. C'était là une belle façon d'agir.

« Viens ici, mon gars », avait-il dit, « j'ai quelque chose pour toi. »

Il était tombé dans le panneau. Quelle naïveté !

On ne l'aurait plus comme un gamin.

« Viens ici, mon gars, j'ai quelque chose pour toi. » Et puis *bing* et il atterrit sur les mains et les genoux à côté de la voie.

Nick se frotta l'œil. Une grosse bosse commençait à enfler. Il aurait un bel œil au beurre noir, c'était sûr. Ça faisait déjà mal. Cette espèce de saloperie de garde-frein.

Il porta les doigts à la bosse qu'il avait au-dessus de l'œil. Oh, après tout, ce n'était qu'un œil au beurre noir. Il s'en tirait à bon compte. Ce n'était pas cher payé.

---

7. **to fall for :** 1) *se laisser prendre ;* 2) *tomber amoureux.*
8. « *misérable* (voir note 5) *chose de gamin* ».
9. de **to suck :** *téter, sucer ;* **a sucker** : *un niais, un blanc-bec,* naïf comme le petit qui tète encore sa mère.
10. onomatopée pour un coup violent, claque, coup de poing...
11. du verbe **to light** (US) ou **alight** (GB) : *se poser, s'abattre.*
12. ⚠ sens emphatique de **all right :** *certainement, sûrement.*
13. ⚠ traduction de : *faire mal ; faire mal à qqn. :* **to hurt someone** ; *qqch. me fait mal :* **something hurts me ; a toothache, a headache.**
14. on attendrait : **son of a bitch of a brakeman,** expression plus usuelle.
15. « *pas cher à ce prix-là* ».

He wished he could see it. Could not see it looking into the water, though. It was dark and he was a long way off from anywhere [1].

He wiped his hands on his trousers and stood up, then climbed [2] the embankment to the rails.

He started up the track. It was well ballasted and made easy walking, sand and gravel packed between the ties [3], solid [4] walking. The smooth [5] roadbed like a causeway went on ahead through the swamp. Nick walked along. He must get to somewhere.

Nick had swung [6] on to the freight train when it slowed down for the yards [7] outside of Walton Junction. The train, with Nick on it, had passed through Kalkaska as it started to get dark.

Now he must be nearly to Mancelona. Three or four miles of swamp. He stepped along the track, walking so he kept on the ballast between the ties, the swamp ghostly [8] in the rising mist. His eye ached and he was hungry. He kept on hiking [9], putting the miles of track back of him. The swamp was all the same [10] on both sides of the track.

Ahead [11] there was a bridge. Nick crossed it, his boots [12] ringing hollow on the iron [13]. Down below the water showed black between the slits of ties. Nick kicked a loose [14] spike and it dropped into the water. Beyond the bridge were hills. It was high and dark on both sides of the track. Up the track Nick saw a fire.

---

1. « *loin de partout* » ; noter l'expression **to be a long way off from somewhere :** *être loin de quelque part.*

2. ▲ ['klaımd] : le b n'est pas prononcé.

3. ▲ nombreux sens pour ce mot (du verbe **to tie :** *lier nouer*) : *lien, cravate, traverse de chemin de fer, match nul...*

4. signifie rarement : *solide,* qui se dirait strong, strurdy ; a solid color : *une couleur unie ;* to work 3 hours solid : *travailler 3 heures d'affilée ;* l'idée contenue dans **solid** est : *régulier, sans interruption.*

5. *lisse, sans aspérités ;* ≠ **rough, uneven.**

6. « *s'était balancé sur le train* » ; **to swing (swung, swung).**

7. *cour, endroit où l'on travaille ;* ex. : building-yard : *chantier de construction.*

8. de **ghost :** *le fantôme.*

Il aurait bien voulu le voir. Cependant, il n'y arriva pas en se regardant dans l'eau. Il faisait noir et il était loin de tout.

Il s'essuya les mains sur le pantalon et se leva, puis escalada le talus jusqu'aux rails.

Il se mit en route sur la voie. Elle était bien ballastée avec du sable et des cailloux tassés entre les traverses, ce qui rendait la marche aisée et ferme. Le terre-plein régulier comme un radier traversait tout droit le marais. Nick continua à marcher. Il finirait bien par arriver quelque part.

Nick avait sauté en marche sur le train de marchandises quand il avait ralenti à la gare de triage juste après Walton Junction. Le train, et Nick à son bord, avait traversé Kalkaska au moment où la nuit tombait.

Maintenant, il devait être presque arrivé à Mancelona. Encore trois ou quatre miles de marais... Il marchait le long de la voie, posant les pieds sur le ballast entre les traverses ; la brume qui se levait donnait un air fantasmagorique au marais. Son œil lui faisait mal et il avait faim. Il continua à marcher, mettant des miles de voie derrière lui. Pourtant le marais s'étendait toujours des deux côtés de la voie.

Devant lui, il y avait un pont. Nick le traversa ; ses chaussures firent un son creux sur le fer... En dessous, par les interstices des traverses, on voyait l'eau noire. Nick donna un coup de pied dans un tire-fond desserré qui tomba dans l'eau. Au-delà du pont, il y avait des collines. Le terrain était plus élevé et sombre au loin, de part et d'autre de la voie. Devant lui, Nick aperçut un feu.

---

9. **to hike** au sens de *marcher* **(a hiking trail** : *un sentier pédestre ;* **hiking-boots** : *chaussures de marche).*
10. *« tout de même »* ou *« tout semblable » ;* le contexte semble indiquer le premier sens : il avait marché plusieurs kilomètres, mais il était toujours entouré de marais.
11. **ahead** indique le mouvement, le changement, alors que **in front of** est plus statique.
12. **boots** seul : *chaussures montantes ;* ce que nous appelons *bottes* se dirait : **rubber boots** (en caoutchouc), **riding-boots** (pour monter à cheval).
13. ▲ [ˈaɪən] le r n'est pas prononcé.
14. *lâche, desserré ;* ici : *sorti de son trou ;* ▲ **loose** [lu:s] et **to lose** [lu:z].

He came up the track toward the fire carefully. It was off [1] to one side of the track, below the railway embankment.

He had only seen the light from it. The track came out through a cut [2] and where the fire was burning the country opened out and fell away into woods [3]. Nick dropped [4] carefully down the embankment and cut into the woods to come up to the fire through the trees. It was a beechwood forest and the fallen beechnut burrs were under his shoes [5] as he walked between the trees. The fire was bright now, just at the edge of the trees. There was a man sitting by it. Nick waited behind the tree and watched. The man looked to be [6] alone. He was sitting there with his head in his hands looking at the fire. Nick stepped [7] out and walked into firelight.

The man sat there looking into the fire. When Nick stopped quite close to him he did not move.

"Hello !" Nick said.

The man looked up.

"Where did you get the shiner [8] ?" he said.

"A brakeman busted [9] me."

"Off the through [10] freight ?"

"Yes."

"I saw the bastard [11]," the man said. "He went through here 'bout [12] an hour and a half ago. He was walking along the top of the cars slapping his arms and singing."

"The bastard !"

---

1. **▲off** [ɔ:f] ; of [ɔv] ou [əv].
2. *« sortit à travers une entaille »*.
3. *« tombait au loin dans les bois »*.
4. **to drop ; ▲** to drop something : *laisser tomber, lâcher qqch.,* mais to drop into a chair : *se laisser tomber dans une chaise.*
5. *« étaient sous ses chaussures »*.
6. syn. : seemed to be.
7. **to step :** *faire un pas, marcher ;* he stepped out : *il est sorti en faisant un pas.*
8. du verbe to shine : *briller, luire ;* **shiner :** *œil au beurre noir ;* syn. : a black eye.
9. du verbe **to bust** (altération du verbe to burst : *éclater*) : *casser, donner un coup, frapper ;* **a brakeman busted**

Il s'avança doucement sur la voie vers le feu qui se trouvait à quelque distance et en dessous du terre-plein qui portait la voie.

Il n'en avait vu que la lumière. La voie franchissait un léger épaulement et à l'endroit où brûlait le feu la vue s'ouvrait sur un paysage boisé. Nick descendit du talus en faisant attention et coupa à travers bois pour arriver au feu qu'il voyait entre les arbres. C'était une forêt de hêtres et il sentait les cosses des faînes sous ses chaussures en marchant entre les arbres. Le feu, qui se trouvait juste à la lisière du bois, était vif maintenant. Un homme en était assis tout près. Nick attendit derrière un arbre et observa. L'homme semblait être seul. Il était assis là, la tête entre les mains, à regarder le feu. Nick sortit de l'ombre et s'avança dans la lumière du feu.

L'homme resta assis là à regarder le feu. Quand Nick s'arrêta tout près de lui, il ne bougea pas.

« Salut ! » dit Nick.

L'homme leva les yeux.

« Où as-tu attrapé ton coquard ? » demanda-t-il.

« Un garde-frein m'a éjecté. »

« De l'express de marchandises ? »

« Oui. »

« J'ai vu ce salaud », dit l'homme. « Il est passé par ici il y a à peu près une heure et demie. Il marchait sur le toit du wagon ; il se donnait des grandes claques sur les bras et il chantait. »

« Le salaud ! »

---

me : « *un garde-frein m'a donné un coup de poing* » (et ça m'a fait tomber du train).

10. **through :** « *à travers* » ; **a through freight** (train) : *un train de marchandises* qui ne s'arrête pas à toutes les gares ; **freight [freit]** : *la marchandise, la cargaison.*

11. de même que **son-of-a-bitch (s.o.b.),** c'est l'insulte la plus forte à l'encontre d'une personne ; **bastard** veut également dire, comme en français, *un enfant illégitime.*

12. = **about** ; l'élision représentée par l'apostrophe se fait toujours sur la syllabe non accentuée.

"It must have made him feel good to bust you," the man said seriously.

"I'll bust [1] him."

"Get him with a rock sometime when he's going through," the man advised.

"I'll get him."

"You're a tough one, aren't you [2] ?"

"No," Nick answered.

"All you kids are tough [3]."

"You got to be tough," Nick said.

"That's what I said."

The man looked at Nick and smiled. In the firelight Nick saw that his face was misshapen [4]. His nose was sunken [5], his eyes were slits, he had queer [6]-shaped lips. Nick did not perceive all this at once, he only saw the man's face was queerly formed and mutilated. It was like putty [7] in color. Dead looking in the firelight.

"Don't you like my pan [8] ?" the man asked.

Nick was embarrassed.

"Sure [9]," he said.

"Look here !" the man took off his cap.

He had only one ear. It was thickened and tight against the side of his head. Where the other should have been there was a stump.

"Ever seen [10] one like that ?"

"No," said Nick. It made him a little sick.

"I could take it [11]," the man said. "Don't you think I could take it, kid ?"

---

1. ici **bust** signifie : *donner un coup de poing ;* autre traduction possible : *je le buterai, je lui casserai la gueule ;* on trouve souvent l'expression : **I'll bust his head.**
2. ▲ penser à la traduction de **isn't it, aren't you, doesn't it...** par le français *hein ?* en langue populaire.
3. « *Vous tous les jeunes, vous êtes des durs* » ; **a kid** : *un enfant, un gamin* et aussi *le petit de la chèvre, le chevreau.*
4. du verbe **to shape** : *former ;* emploi du préfixe **mis-** devant un autre mot pour le rendre négatif ; ex. : **to mistake** : *se méprendre, se tromper ;* **to mis-behave** : *mal se comporter.*
5. **to sink (sank, sunk** ou **sunken)** : *couler, s'enfoncer* (pour un bateau).

« Ça a dû lui faire du bien de t'éjecter », dit l'homme sur un ton sérieux.

« Je lui ferai sa fête. »

« Balance-lui une pierre quand il passe », conseilla l'homme.

« Je l'aurai. »

« T'es un dur, hein ? »

« Non », répondit Nick.

« Vous les gamins, vous êtes tous des durs. »

« Il faut être dur », dit Nick.

« C'est bien ce que je disais. »

L'homme regarda Nick et sourit. A la lumière du feu, Nick vit qu'il avait le visage déformé. Il avait le nez enfoncé ; ses yeux ne formaient qu'une fente et ses lèvres avaient une forme bizarre. Nick ne remarqua pas tout cela tout de suite, il vit seulement que le visage de l'homme avait une forme bizarre et qu'il était mutilé... Il avait la couleur du mastic ; il semblait mort dans la lumière du feu.

« T'aimes pas ma tronche ? » demanda l'homme.

Nick se sentit mal à l'aise.

« Si, si », dit-il.

« Regarde donc ! » dit l'homme en retirant sa casquette. Il n'avait qu'une oreille, épaisse et collée le long de sa tête. A l'endroit où l'autre aurait dû se trouver, il y avait un moignon.

« T'en as déjà vu une comme ça ? »

« Non », dit Nick. Ça le mettait mal à l'aise.

« J'étais un dur à cuire », dit l'homme. « Tu ne crois pas que j'étais un dur à cuire, mon gars ? »

---

6. syn. : **strange, weird, bizarre** ; **queer**, comme **gay**, est difficile à utiliser maintenant, du fait de sa signification populaire de *homosexuel*.
7. « *pâte de bois* ».
8. « *ma poêle* », argot pour **face** ; on entend aussi **my noggin**.
9. ⚠ ne pas traduire **sure** par *sûr* tout seul ; = *bien sûr que oui* ou *c'est sûr*.
10. il convient de supposer : **(have you) ever seen... ?**
11. expression un peu ambiguë ici ; **I could take it** pourrait aussi vouloir dire : je pourrais encaisser le fait que tu me dises que ma tronche n'est pas belle à regarder ; ce qui suit indique qu'il s'agit plutôt d'encaisser les coups.

"You bet [1] !"

"They all bust [2] their hands on me," the little man said. "They couldn't [3] hurt me."

He looked at Nick. "Sit down," he said. "Want [4] to eat ?"

"Don't bother [5]," Nick said. "I'm going on to the town."

"Listen !" the man said. "Call me Ad."

"Sure !"

"Listen," the little man said. "I'm not quite right [6]."

"What's the matter [7] ?"

"I'm crazy."

He put on his cap. Nick felt like laughing.

"You're all right," he said.

"No, I'm not. I'm crazy. Listen, you ever been crazy ?"

"No," Nick said. "How does it get [8] you ?"

"I don't know." Ad said. "When you got it you don't know about it. You know [9] me, don't you ?"

"No."

"I'm Ad Francis."

"Honest to God [10] ?"

"Don't you believe it ?"

"Yes."

Nick knew it must be true.

"You know how I beat [11] them ?"

"No," Nick said.

"My heart's slow [12]. It only beats forty [13] a minute. Feel it [14]."

---

1. « *tu paries* » ; façon populaire d'acquiescer = *oui, c'est sûr, certainement.*

2. le verbe est utilisé ici au sens propre de : *casser, éclater ;* voir notes 9, p. 32 et 1, p. 34.

3. « *ils ne pouvaient pas me faire mal* ».

4. il convient de supposer : (Do you) **want to eat ?** La suppression de **do, does, did** + sujet (pronom) est très courante dans la langue populaire.

5. « *ne vous souciez pas* ». Autres traductions possibles : « *Ce n'est pas la peine* », « *N'en faites rien* ».

6. « *Je ne suis pas tout à fait droit* (bien) » ; le contexte **(crazy)** indique qu'il ne s'agit pas de l'expression : **I am right** : *j'ai raison.*

7. d'habitude, on traduit cette expression par : *Qu'est-ce qui se passe ?* Ici, il convient de supposer : **What's the**

« Bien sûr que si ! »

« Ils se sont tous cassé les mains sur moi », dit le petit homme. « Ils ne m'ont jamais fait mal. »

Il regarda Nick. « Assieds-toi », dit-il. « Tu veux manger ? »

« Ne vous en faites pas », dit Nick. « Je vais continuer jusqu'à la ville. »

« Écoute », dit l'homme. « Appelle-moi Ad. »

« D'accord ! »

« Écoute », dit le petit homme. « Je ne suis pas tout à fait normal. »

« Qu'est-ce que vous avez ? »

« Je suis fou. »

Il remit sa casquette. Nick eut envie de rire.

« Vous me semblez normal », dit-il.

« Non, je ne le suis pas. Je suis fou. Ecoute, t'as déjà été fou ? »

« Non », répondit Nick. « Comment ça s'attrape ? »

« Je ne sais pas », dit Ad. « On ne s'en aperçoit pas quand on l'attrape. Tu me reconnais, non ? »

« Non. »

« Je suis Ad Francis. »

« Vraiment ? »

« Tu ne le crois pas ? »

« Si. »

Nick savait que ça devait être la vérité.

« Tu sais comment je les battais ? »

« Non », répondit Nick.

« Mon cœur bat lentement. Il ne bat que quarante fois à la minute. Mets ta main. »

---

matter (with you) ? : *Qu'est-ce qui se passe avec vous ?* = *Qu'avez-vous ?*

8. ici **to get** est synonyme de **to catch** : « *comment est-ce que ça vous attrape ?* ».

9. ⚠ **to know** est utilisé ici au sens, assez fréquent dans la langue populaire, de *reconnaître*.

10. expression toute faite, un peu comme le français *promis ?, juré ?*.

11. **to beat (beat, beaten).**

12. « *mon cœur est lent* ».

13. « *il bat à quarante* (pulsations) ».

14. « *sens-le* » ; noter le sens de *tâter, mettre la main, sentir avec la main* du verbe to feel ; voir note 3, page 28.

Nick hesitated.

"Come on [1]," the man took hold of [2] his hand. "Take hold of my wrist. Put your fingers there."

The little man's wrist was thick and the muscles [3] bulged [4] above the bone. Nick felt the slow pumping under his fingers.

"Got a [5] watch ?"

"No."

"Neither have I [6]," Ad said. "It ain't any good if you haven't got a watch."

Nick dropped his wrist.

"Listen," Ad Francis said. "Take ahold [7] again. You count and I'll count up to sixty."

Feeling the slow hard throb [8] under his fingers, Nick started to count. He heard the little man counting slowly, one, two, three, four, five, and on — aloud.

"Sixty," Ad finished. "That's a minute. What did you make [9] it ?"

"Forty," Nick said.

"That's right," Ad said happily. "She [10] never speeds up [11]."

A man dropped [12] down the railroad embankment and came across the clearing to the fire.

"Hello, Bugs [13] !" Ad said.

"Hello !" Bugs answered. It was a Negro's voice. Nick knew from the way he walked [14] that he was a Negro. He stood with his back to them [15], bending over the fire.

---

1. expression très courante pour dire *vas-y, allons.*
2. expression courante pour **to hold** = *saisir.*
3. *muscles* ['mʌslz].
4. **to bulge :** *enfler, faire une bosse.*
5. voir note 4, page précédente ; il convient de supposer : (Have you) **got a watch ?**
6. **neither have I :** le verbe **to have** utilisé ici reprend l'auxiliaire supposé dans la question précédente.
7. = **to take hold** ; utilisation populaire du suffixe -a devant un verbe, un nom ou un participe ; ex. : **He is a-coming.**
8. **throb :** ici, **beat.**
9. *« Qu'est-ce que tu as fait ? » ;* utilisation de **to make** dans le sens de *arriver à, être ;* comme dans l'expression : **What time do you make it ?** *Quelle heure est-il* (à ta montre) *?*

Nick hésita.

« Vas-y » ; l'homme prit la main de Nick. « Prends mon poignet. Mets tes doigts là. »

Le poignet du petit homme était épais et les muscles faisaient saillie au-dessus de l'os. Nick sentit les battements lents sous ses doigts.

« T'as une montre ? »

« Non. »

« Moi non plus », dit Ad. « Ça ne marche pas si on n'a pas de montre. »

Nick lâcha son poignet.

« Écoute », dit Ad Francis. « Reprends-le. Tu comptes et je compte jusqu'à soixante. »

Nick se mit à compter les palpitations fortes et lentes qu'il sentait sous ses doigts. Il entendit le petit homme compter lentement, un, deux, trois, quatre, cinq et la suite à haute voix.

« Soixante », finit Ad. « Ça fait une minute. T'en es à combien ? »

« Quarante », répondit Nick.

« C'est ça », dit Ad gaiement. « Il n'accélère jamais. »

Un homme descendit rapidement le talus de la voie de chemin de fer et traversa la clairière en direction du feu.

« Salut Bugs ! » dit Ad.

« Salut ! » répondit Bugs. C'était la voix d'un Noir. Nick reconnut à sa démarche qu'il était Noir. Il se tint penché au-dessus du feu, leur tournant le dos.

---

10. **she** pour son cœur dont il est fier ; usage populaire fréquent du féminin pour une mécanique, un objet proche, aimé.
11. **to speed up :** *accélérer ;* **to speed (sped, sped) :** *faire de la vitesse.*
12. **dropped,** voir note 4, page 32.
13. il s'agit ici d'un surnom ; le mot signifie habituellement *insecte, bestiole ;* le verbe **to bug** signifie *embêter.*
14. *« la façon dont il marchait ».*
15. *« il se tenait debout avec son dos vers eux ».*

He straightened up.

"This is my pal[1] Bugs," Ad said. "He's crazy, too."

"Glad to meet you," Bugs said. "Where you say[2] you're from ?"

"Chicago[3]," Nick said.

"That's a fine[4] town," the Negro said. "I didn't catch your name[5]."

"Adams. Nick Adams."

"He says he's never been crazy, Bugs," Ad said.

"He's got a lot coming to him[6]," the Negro said. He was unwrapping[7] a package by the fire.

"When are we going to eat, Bugs ?" the prize-fighter[8] asked.

"Right away."

"Are you hungry, Nick ?"

"Hungry as hell[9]."

"Hear that[10], Bugs ?"

"I hear most of what goes on."

"That ain't what I asked you."

"Yes. I heard what the gentleman said."

Into a skillet[11] he was laying slices of ham. As the skillet grew hot the grease[12] sputtered and Bugs, crouching[13] on long nigger[14] legs over the fire, turned the ham and broke eggs into the skillet, tipping[15] it from side to side to baste the eggs with the hot fat.

"Will you cut some bread out of that bag[16], Mister[17] Adams ?"

Bugs turned from the fire.

---

1. [pæl] ; autre traduction possible : *mon pote.*
2. il convient de supposer : **Where** (did) **you say...** ou **Where** (do) **you say ?**
3. [ʃɪ'ka:gəu].
4. emploi de **fine** pour *beau, bien, bon.* **She is a fine woman** : *c'est une excellente femme.* **Fine day !** *Quelle belle journée !* ▲ le français *fin :* thin.
5. *« je n'ai pas attrapé votre nom ».*
6. *« il a beaucoup qui lui vient ».*
7. ▲ prononciation ['ʌn'ræpɪŋ].
8. *« celui qui se bat pour gagner des prix » ;* le boxeur professionnel.
9. emploi de **hell** pour renforcer une expression : **fast as hell** : *rapide comme l'éclair ;* **a hell of a fight** : *une bagarre de tous les tonnerres de dieu.*

Il se redressa.

« C'est mon copain Bugs », dit Ad. « Il est fou aussi. »

« Heureux de faire votre connaissance », dit Bugs. « D'où m'avez-vous dit que vous étiez ? »

« Chicago », dit Nick.

« C'est une belle ville », dit le Noir. « Je n'ai pas bien saisi votre nom. »

« Adams, Nick Adams. »

« Il dit qu'il n'a jamais été fou, Bugs », dit Ad.

« Il ne sait pas ce qui l'attend », dit le Noir. Il déballait un paquet près du feu.

« Quand allons-nous manger, Bugs ? » demanda le champion.

« Tout de suite. »

« Tu as faim, Nick ? »

« Une faim de loup. »

« T'entends ça, Bugs ? »

« J'entends à peu près tout ce qui se dit. »

« Ce n'est pas ce que je t'ai demandé. »

« Oui, j'ai entendu ce que monsieur a dit. »

Il posait des tranches de jambon dans une poêle. Quand la poêle devint brûlante, la graisse se mit à grésiller et Bugs, accroupi au-dessus du feu sur ses longues jambes de Noir, retourna le jambon et cassa des œufs dans la poêle, en l'inclinant d'un côté puis de l'autre pour baigner les œufs dans la graisse brûlante.

« Voulez-vous couper un peu du pain qui se trouve dans ce sac, Monsieur Adams ? »

Bugs se détourna du feu.

---

10. = (Do you) **hear that ?**
11. *une grosse poêle en fonte ;* syn. : **a frying pan.**
12. [grɪ:s] *la graisse, le jus de viande ;* syn. : **fat.**
13. syn : **to squat, to hunker** ; *s'accroupir :* **to sit on one's heels, to hunker down.**
14. nom d'habitude péjoratif ou méprisant pour désigner les personnes à peau noire.
15. **to tip :** *renverser, basculer ;* veut également dire : *donner un pourboire.*
16. « *Voulez-vous couper du pain hors de ce sac ?* ».
17. **Mister** s'écrit en toutes lettres pour marquer soit, comme ici, le respect, soit le mépris ou la condescendance. Dans une lettre, il faut l'écrire **Mr** ; ex. : **Dear Mr Smith.**

"Sure."

Nick reached in the bag [1] and brought out a loaf of bread. He cut six slices. Ad watched him and leaned forward.

"Let me take your knife, Nick," he said.

"No, you don't [2]," the Negro said. "Hang on [3] to your knife, Mister Adams."

The prizefighter sat back [4].

"Will you bring me the bread, Mister Adams ?" Bugs asked. Nick brought it over [5].

"Do you like to dip your bread in the ham fat [6] ?" the Negro asked.

"You bet !"

"Perhaps we'd better wait until later. It's better [7] at the finish of the meal. Here."

The Negro picked up a slice of ham and laid it on one of the pieces of bread, then slid [8] an egg on top of it.

"Just close the sandwich, will you [9], please, and give it to Mister Francis."

Ad took the sandwich and started eating.

"Watch out how that egg runs [10]," the Negro warned. "This is for you, Mister Adams. The remainder [11] for myself."

Nick bit [12] into the sandwich. The Negro was sitting opposite him beside Ad. The hot fried ham and eggs tasted [13] wonderful.

---

1. « *atteignit dans le sac* » ; **to reach in :** *mettre la main dans ;* **to reach for** : *tendre la main vers.*
2. « *non, vous ne faites pas ça* » (prendre le couteau).
3. « *accrochez-vous à...* ».
4. pour comprendre **sat back,** il convient de se référer à la position précédente d'Ad : il était assis ; il a penché le buste en avant pour tendre la main vers le couteau ; devant le refus de Bugs, il a repris sa position assise normale, le dos bien droit.
5. **bring** dans le sens d'*apporter* est souvent suivi de **over.**
6. « *aimez-vous tremper votre pain dans la graisse de jambon ?* ».
7. le contexte **(we'd better)** indique que l'expression ne signifie pas *c'est meilleur,* mais bien *il vaut mieux.*
8. **to slide (slid, slid).**

« Bien sûr. »

Nick mit la main dans le sac et en sortit une miche de pain. Il coupa six tranches. Ad le regarda et se pencha en avant.

« Laisse-moi prendre ton couteau, Nick », dit-il.

« Non, pas question », dit le Noir. « Ne lâchez pas votre couteau, Monsieur Adams. »

Le champion se redressa.

« Voulez-vous m'apporter le pain, Monsieur Adams ? » demanda Bugs.

Nick l'apporta.

« Vous aimez saucer ? » demanda le Noir.

« Si j'aime ça ! »

« Nous ferions peut-être mieux d'attendre un peu. Il vaut mieux le faire à la fin du repas, voici. »

Le Noir prit une tranche de jambon et la posa sur l'une des tranches de pain, puis il glissa un œuf par-dessus.

« S'il vous plaît, voulez-vous bien fermer le sandwich et le donner à Monsieur Francis. »

Ad prit le sandwich et se mit à manger.

« Faites attention, votre œuf coule », prévint le Noir. « Voici pour vous, Monsieur Adams. Le reste est pour moi. »

Nick mordit dans le sandwich. Le Noir était assis en face de lui, à côté d'Ad. Le jambon frit et les œufs étaient merveilleux.

---

9. *« voulez-vous » :* **please ;** expression délicate d'emploi, car elle est polie comme ici (Bugs est très prévenant), mais peut être impolie et cassante selon le ton et le contexte.
10. *couler* se traduit souvent par **to run : The river runs slowly** : *La rivière coule lentement.*
11. **⚠ remainder** [ri'meɪndə(r)], du verbe **to remain** *(rester) ;* à ne pas confondre avec **reminder** [rɪ'maɪndə(r)], du verbe **to remind** *(rappeler quelque chose à quelqu'un).*
12. **to bite (bit, bitten).**
13. *« avaient un goût merveilleux ».*

"Mister Adams is right [1] hungry," the Negro said. The little man whom [2] Nick knew by name as a former champion fighter was silent. He had said nothing since the Negro had spoken about the knife.

"May I offer you a slice of bread dipped right in the hot ham fat [3] ?" Bugs said.

"Thanks a lot."

The little white man looked at Nick.

"Will you have some, Mister Adolph Francis ?" Bugs offered from the skillet.

Ad did not answer. He was looking at Nick.

"Mister Francis ?" came the nigger's soft voice.

Ad did not answer. He was looking at Nick.

"I spoke to you, Mister Francis," the nigger said softly.

Ad kept on looking at Nick. He had his cap down over his eyes [4]. Nick felt nervous.

"How the hell [5] do you get that way ?" came out from under the cap sharply [6] at Nick. "Who the hell do you think you are ? You're a snotty [7] bastard. You come in here where nobody asks you and eat a man's [8] food and when he asks to borrow a knife you get snotty ."

He glared [9] at Nick, his face was white and his eyes almost out of sight under the cap.

"You're a hot sketch [10]. Who the hell asked you to butt in [11] here ?"

"Nobody."

---

1. **right** est utilisé comme forme d'insistance = **very.**
2. emploi normal de la forme complément de **who** : **whom.**
3. **fat** = **grease** : *le jus de la viande ;* une sauce plus élaborée se dirait : **gravy, sauce.**
4. « *il avait sa casquette baissée sur ses yeux* ».
5. **hell** vient renforcer la question après **who, where, how, when, why, what** et se traduit généralement par *donc ;* ex. : **Who the hell do you think you are ?** = *Vous vous croyez sorti de la cuisse de Jupiter ?* voir note 9, page 40.
6. « *vint de dessous sa casquette durement* ».
7. **snotty** (de snot : *la morve*) : *dédaigneux* ou *méprisable ;* **a snotty attitude.**
8. « *la nourriture d'un homme* » = *la nourriture de quelqu'un.*

« Monsieur Adams a très faim », dit le Noir. Le petit homme que Nick connaissait de nom comme un ancien champion de boxe se tenait coi. Il n'avait rien dit depuis que le Noir avait parlé du couteau.

« Puis-je vous offrir une tranche de pain trempée dans la sauce du jambon ? »

« Merci beaucoup. »

Le petit homme blanc regardait Nick.

« En voulez-vous, Monsieur Adolph Francis ? » offrit Bugs en lui tendant la poêle.

Ad ne répondit pas. Il regardait Nick.

« Monsieur Francis ? » reprit la voix douce du Noir.

Ad ne répondit pas. Il regardait Nick.

« Je vous ai posé une question, Monsieur Francis », dit doucement le Noir.

Ad regardait Nick avec insistance. Sa casquette cachait ses yeux. Nick se sentit mal à l'aise.

« Comment donc est-ce qu'on devient comme ça ? » lança-t-il de dessous sa casquette. « Pour qui tu te prends ? Tu n'es qu'un petit morveux. Tu viens ici alors que personne ne te le demande et tu manges la nourriture des gens et quand on te demande à emprunter un couteau, tu prends des grands airs. »

Il lançait des regards furieux à Nick ; il avait le visage blême et on voyait à peine ses yeux sous sa casquette.

« T'es un drôle de numéro. Qui donc t'a demandé de te ramener ici ? »

« Personne. »

---

9. l'anglais est très riche de verbes signifiant *regarder ;* par ex. : **to glare at** (avec colère), **to stare at** (fixement), **to gape at** (bouche bée), **to glance at** (d'un coup d'œil rapide)...

10. *« une saynète chaude » ;* **hot** traduit souvent *populaire, qui se vend bien, qui a du succès ;* ex. : **a hot news, a hot product** : *une nouvelle sensationnelle, un produit qui se vend comme des petits pains.*

11. syn. : **to intrude, to interfere, to meddle** : *se mêler des affaires des autres ;* ex. : **Stop meddling with these people** : *arrête de te mêler des affaires de ces gens / arrête de te lier avec ces gens.*

"You're damn [1] right nobody did. Nobody asked you to stay either. You come in here and act snotty about my face and smoke my cigars and drink my liquor [2] and then talk snotty [3]. Where the hell do you think you get off [4] ?"

Nick said nothing. Ad stood up.

"I'll tell you, you yellow-livered [5] Chicago bastard. You're going to get your head knocked off [6]. Do you get that [7] ?"

Nick stepped back [8]. The little man came toward him slowly, stepping flat-footed forward, his left foot stepping forward, his right dragging up to it [9].

"Hit me," he moved his head. "Try and hit me [10]."

"I don't want to hit you."

"You don't get out of it that way [11]. You're going to take a beating, see ? Come on and lead [12] at me."

"Cut it out [13]," Nick said.

"All right, then, you bastard."

The little man looked down at Nick's feet. As he looked down the Negro, who had followed behind him as he moved away from the fire [14], set [15] himself and tapped him across the base of the skull. He fell forward and Bugs dropped the cloth-wrapped blackjack [16] on the grass. The little man lay there, his face in the grass. The Negro picked him up, his head hanging [17], and carried him to the fire. His face looked bad, the eyes open. Bugs laid [18] him down gently.

---

1. *« tu as sacrément raison » ;* emploi de **damn** ou **damned** pour insister ; ex. : a damn liar *(un sacré menteur).*
2. ▲ ne veut pas dire *liqueur* qui se traduirait par **liqueur** [lɪ'kjʊə(r)] ; **liquor** ['lɪkə(r)] signifie tous les alcools forts (cognac, rhum, whisky).
3. *« tu parles morveusement/avec des airs supérieurs ».*
4. *« Où donc est-ce que tu crois que tu descends ? » ;* de **to get off :** *descendre* (d'un train par exemple).
5. *« au foie jaune » ;* **yellow** = **coward :** *lâche, peu courageux.*
6. *« ta tête va partir d'un coup de poing ».*
7. = Do you understand that ?
8. *« fit un pas en arrière ».*
9. *« son pied gauche faisait un pas en avant et le droit le rattrapait en glissant ».*

« Tu l'as dit ! Personne ! Personne ne t'a demandé de rester non plus. Tu viens ici, tu fais le morveux devant moi, tu fumes mes cigares et bois mon alcool et puis tu la ramènes. Où tu te crois ? »

Nick ne dit rien. Ad se leva.

« Je vais te le dire, espèce de trouillard de Chicago. Tu vas te faire casser la gueule. Tu piges ? »

Nick recula. Le petit homme s'approcha de lui, lentement. Il avançait ses pieds bien à plat, le gauche d'abord puis le droit.

« Frappe-moi », il fit un mouvement de la tête. « Essaie de me frapper. »

« Je ne veux pas vous frapper. »

« Tu ne t'en tireras pas comme ça. Tu vas te prendre une dégelée, tu piges ? Vas-y, frappe le premier. »

« Arrêtez », dit Nick.

« Bon, alors, mon salaud. »

Le petit homme baissa les yeux sur les pieds de Nick. Comme il avait les yeux baissés, le Noir qui l'avait suivi pas à pas depuis le feu se figea et lui donna un coup à la base du crâne. Il tomba en avant et Bugs lâcha la matraque enveloppée de tissu dans l'herbe. Le petit homme était étendu là, la figure contre l'herbe. Le Noir le ramassa, la tête ballante, et le porta jusqu'au feu. Il n'était pas beau à voir avec ses yeux ouverts. Bugs le posa avec précaution par terre.

---

10. **to try and** + infinitive, pour exprimer *essayer de* + infinitif.
11. *« tu ne t'en sors pas de cette façon ».*
12. **to lead :** *mener ;* ici, terme de boxe signifiant *lancer un coup de poing.*
13. expression très courante pour engager qqn. à arrêter une action qui vous dérange ; on utilise également : **Quit it !**
14. *« comme il se déplaçait loin du feu ».*
15. **to set :** *poser,* (se) *mettre dans une position.*
16. syn. : **billy-club, baton, bludgeon** (GB).
17. *« pendante ».*
18. **⚠ to lay (laid, laid) :** *poser ;* **to lie, lay, lain :** *se coucher ; être étendu :* **to be lying down.**

"Will you bring me the water in the bucket, Mister Adams ?" he said. "I'm afraid[1] I hit him just a little hard."

The Negro splashed water with his hand on the man's face and pulled his ear gently. The eyes closed.

Bugs stoop up.

"He's all right[2]," he said. "There's nothing to worry about[3]. I'm sorry, Mister Adams."

"It's all right." Nick was looking down at the little man. He saw the blackjack on the grass and picked it up. It had a flexible handle and was limber in his hand. It was made of worn[4] black leather with a handkerchief wrapped[5] around the heavy[6] end.

"That's a whalebone handle," the Negro smiled. "They don't make them any more. I didn't know how well you could take care of yourself[7] and, anyway, I didn't want you to hurt him or mark him up[8] no more than he is."

The Negro smiled again.

"You hurt him yourself."

"I know how to do it[9]. He won't remember nothing of it. I have to do it to change him when he gets that way."

Nick was still looking down at the little man, lying, his eyes closed in the firelight. Bugs put some wood on the fire.

"Don't you worry about him none[10], Mister Adams. I seen[11] him like this plenty of times before."

---

1. *« j'ai bien peur de... » ;* on trouvera également dans le même sens : I fear I hit him...
2. voir note 1, page 28.
3. *« il n'y a rien au sujet duquel se soucier ».*
4. **to wear, wore, worn :** *porter* (to wear clothes), *user* (to wear something off). He is **worn out** : *il est épuisé.*
5. ▲ [ræpt] ; le w n'est pas prononcé.
6. **heavy** qualifie ici le bout de la matraque qui est lourd par rapport à l'autre bout ; d'où l'emploi du superlatif dans la traduction.
7. *« je ne savais pas comment vous pouviez bien prendre soin de vous » ;* **to take care of :** *s'occuper de :* ex. : I'll take care of it myself : *Je m'en occuperai moi-même.*

« Voulez-vous m'apporter l'eau dans le seau, Monsieur Adams ? » dit-il. « Je crois bien que je lui ai donné un coup un peu trop fort. »

De la main, le Noir aspergea le visage de l'homme étendu et lui tira légèrement l'oreille. Ses yeux se fermèrent.

Bugs se redressa.

« Il n'a rien de grave », dit-il. « Il n'y a pas lieu de s'inquiéter. Je suis désolé, Monsieur Adams. »

« Ça n'a pas d'importance. » Nick regardait le petit homme étendu par terre. Il remarqua la matraque dans l'herbe et la ramassa. Elle avait une poignée flexible ; elle était souple dans la main. Elle était en cuir noir usé ; un mouchoir entourait la partie la plus lourde.

« C'est un manche en os de baleine », dit le Noir avec un sourire. « On n'en fait plus des comme ça. Je ne savais pas comment vous vous défendiez et de toute façon je ne voulais pas que vous l'amochiez encore plus. »

Le Noir sourit à nouveau.

« Vous-même, vous lui avez fait mal. »

« J'ai le coup. Il ne se souviendra de rien. Il faut que je le fasse pour lui changer les idées quand il devient comme cela. »

Nick regardait encore le petit homme étendu qui gardait les yeux fermés dans la lumière du feu. Bugs mit du bois sur le feu.

« Ne vous faites pas de bile pour lui, Monsieur Adams. Je l'ai vu bien des fois dans cet état. »

---

8. *« ne le marquiez plus qu'il n'est » ;* **a mark** : *la marque* d'un coup, d'une blessure.
9. *« je sais comment le faire ».*
10. *« ne vous souciez pas aucunement à mon sujet » ;* noter, ici comme dans le reste de la conversation, l'emploi fréquent du double négatif.
11. = **I have seen him...** ; dans la langue populaire les auxiliaires **to be, to have, to do** sont souvent omis dans les verbes conjugués.

"What made him crazy ?" Nick asked.

"Oh, a lot of things," the Negro answered from the fire[1]. "Would you like a cup of this coffee, Mister Adams ?"

He handed Nick the cup[2] and smoothed[3] the coat he had placed under the unconscious man's head.

"He took too many beatings[4], for one thing[5]," the Negro sipped the coffee. "But that just made him sort of[6] simple. Then his sister was his manager and they was[7] always being written up[8] in the papers all about brothers and sisters and how she loved her brother and how he loved his sister, and then they got married in New York and that made a lot of unpleasantness."

"I remember about it."

"Sure. Of course they wasn't brother and sister no more than a rabbit[9], but there was a lot of people didn't like[10] it either way and they commenced[11] to have disagreements, and one day she just went off and never come back."

He drank the coffee and wiped his lips with the pink palm of his hand.

"He just went crazy. Will you have some more coffee, Mister Adams ?"

"Thanks[12]."

"I seen her a couple of times," the Negro went on. "She was an awful[13] good-looking woman. Looked enough like him to be twins. He wouldn't be bad-looking without his face all busted."

---

1. il semblait légèrement bizarre de traduire : *répondit le Noir du feu ;* d'où l'ajout de *où il s'activait.*

2. ⚠ on peut dire comme ici : **He handed Nick the cup** ou **He handed the cup to Nick.**

3. de **smooth :** *lisse, plat, régulier ;* Bugs a donc tapoté le manteau dont il avait fait un oreiller pour en effacer tous les faux plis et les bosses.

4. noter l'expression **to take a beating/a thrashing** : *se faire battre comme plâtre.*

5. d'habitude **for one thing** appelle plus loin dans la phrase **for the other** ; ici, c'est le **then** du début de la phrase suivante qui lui répond.

6. syn. : kind of = *en quelque sorte, un peu ;* peut s'utiliser devant un verbe également : **I sort of like this music.**

« Qu'est-ce qui l'a rendu comme ça ? » demanda Nick.

« Oh, pas mal de choses », lui répondit le Noir, du feu où il s'activait. « Voulez-vous une tasse de café, Monsieur Adams ? »

Il passa une tasse de café à Nick et réarrangea le manteau qu'il avait glissé sous la tête de l'homme évanoui.

« Il a pris trop de coups, pour commencer », dit le Noir en sirotant son café. « Mais ça, ça n'a fait que le rendre un peu simplet. Et puis sa sœur était son manager — et les journaux parlaient toujours d'eux comme frère et sœur et comment elle aimait son frère et comment il aimait sa sœur ; et puis ils se sont mariés à New York ; ce qui a créé bien des choses déplaisantes. »

« Je m'en souviens. »

« Bien sûr. Naturellement, ils n'étaient pas plus frère et sœur que vous et moi ; et il y avait pas mal de gens qui n'aimaient pas plus une situation que l'autre ; et ils ont commencé à ne plus être d'accord et un jour elle a filé pour ne plus revenir. »

Il but son café et s'essuya les lèvres de la paume rose de sa main.

« Ça l'a rendu fou. Vous voulez encore un peu de café, Monsieur Adams ? »

« Oui, merci. »

« Je l'ai vue une ou deux fois », continua le Noir. « C'était une femme vraiment magnifique. Elle lui ressemblait assez pour qu'on croie qu'ils étaient jumeaux. Il ne serait pas mal s'il n'avait pas été tellement défiguré. »

---

7. remarquer l'utilisation populaire de la forme singulier du verbe **to be** après **they** ; on trouverait de même : **we was, you was...**
8. « *ils étaient toujours écrits dessus dans les journaux* ».
9. « *pas plus qu'un lapin* ».
10. absence de **who** entre **people et didn't like** ; usage populaire.
11. syn. assez rare de **to start.**
12. ⚠ la réponse **thanks** à une question marque l'acquiescement : *volontiers ;* pour refuser il ne faut pas oublier la marque du négatif : **No, thanks !**
13. **awful** ['ɔ:ful] : *terrible ;* sert comme en français à marquer le superlatif : **She is awfully intelligent** : *Elle est terriblement intelligente.*

He stopped. The story seemed to be over.

"Where did you meet him ?" asked Nick.

"I met him in jail[1]," the Negro said. "He was busting people all the time[2] after she went away and they put him in jail. I was in[3] for cuttin'[4] a man."

He smiled, and went on soft-voiced :

"Right away I liked him and when I got out I looked him up[5]. He likes to think I'm crazy and I don't mind. I like to be with him and I like seeing the country and I don't have to commit no larceny[6] to do it. I like living like a gentleman."

"What do you all[7] do ?" Nick asked.

"Oh, nothing. Just move around[8]. He's got money."

"He must have made a lot of money."

"Sure. He spent all his money, though. Or they took it away from him. She sends him money."

He poked[9] up the fire.

"She's a mighty[10] fine woman", he said. "She looks enough like him to be his own twin."

The Negro looked over at the little man, lying breathing heavily[11]. His blond hair was down over his forehead. His mutilated face looked childish in repose[12].

"I can wake him up any time[13] now, Mister Adams. If you don't mind I wish you'd sort of pull out[14]. I don't like to not be hospitable[15], but it might disturb him back again[16] to see you.

---

1. [dʒeɪl].
2. « *il donnait des coups aux gens tout le temps* ».
3. il convient de sous-entendre : **I was in** (prison).
4. **to cut** est ici synonyme de **to stab, to knife.**
5. **to look somebody up :** *rendre une visite,* souvent impromptue, *à qqn.* ; **I'll look you up, next time I am in Chicago.**
6. terme juridique qui, dans la gradation des délits, désigne *le vol ;* on trouve selon le degré de gravité : **petty larceny, grand larceny, aggravated larceny.**
7. ⚠ ne veut pas dire *vous tous ;* **all** sert à distinguer le *vous* pluriel du *vous* de politesse.
8. **to move :** *bouger, remuer ;* **to move around :** *changer de place, se bouger.*

Il s'arrêta. L'histoire semblait terminée.

« Où l'avez-vous rencontré ? » demanda Nick.

« Je l'ai rencontré en prison », répondit le Noir. « Quand elle est partie, il s'est mis à casser la gueule aux gens et ils l'ont mis en prison. Moi, j'y étais pour avoir donné un coup de couteau à un gars. »

Il sourit et continua de sa voix douce :

« Il m'a plu tout de suite et, quand je suis sorti, j'ai été le voir. Ça lui fait plaisir de croire que je suis fou ; ça ne me dérange pas. J'aime bien sa compagnie et j'aime bien voir du pays ; de plus, je n'ai pas besoin de voler pour le faire. J'aime vivre comme un monsieur. »

« Qu'est-ce que vous faites, tous les deux ? » demanda Nick.

« Oh, rien. On se balade. Il a de l'argent. »

« Il a dû gagner pas mal d'argent. »

« Bien sûr. Cependant, il a tout dépensé. Ou on lui a pris. Elle lui envoie de l'argent. »

Il attisa le feu.

« C'est une femme très bien », dit-il. « Elle lui ressemble assez pour être sa jumelle. »

Le Noir jeta un coup d'œil sur le petit homme étendu qui respirait avec difficulté. Ses cheveux blonds cachaient son front. Son visage mutilé semblait enfantin dans son repos.

« Je peux le réveiller quand je veux maintenant, Monsieur Adams. Si vous n'y voyez pas d'inconvénient, j'aimerais que vous vous retiriez. Je ne veux pas vous renvoyer, mais ça pourrait le déranger s'il vous voyait encore.

---

9. **to poke :** *piquer, pousser* (du bout d'un bâton, du doigt) ; **a poker** : *un tisonnier.*
10. *puissante,* de **might :** *puissance, force ;* d'usage populaire devant un adjectif, il signifie alors : **very, extremely.**
11. *« respirait lourdement » ;* ⚠ **to breathe** [bri:ð] ; **breath** [breθ] : *haleine.*
12. syn. : **rest.**
13. *« à n'importe quel moment ».*
14. *« je voudrais qu'en quelque sorte vous partiez » ;* voir note 6, page 50, pour l'emploi de **sort of.**
15. on attendrait normalement : **I don't like not to be hospitable.**
16. emploi populaire de **back again** qui est redondant.

I hate[1] to have to thump him and it's the only thing to do when he gets started. I have to sort of keep him away from people. You don't mind, do you, Mister Adams ? No, don't thank me, Mister Adams. I'd have warned[2] you about him but he seemed to have taken such a liking to you and I thought things were going to be all right. You'll hit[3] a town about two miles up the track. Mancelona they call it. Good-bye. I wish we could ask you to stay the night[4] but it's just out of the question. Would you like to take some of that ham and some bread with you ? No ? You better[5] take a sandwich," all this in a low, smooth[6], polite nigger voice.

"Good. Well, good-bye, Mister Adams. Good-bye and good luck !"

Nick walked away from the fire across the clearing to the railway tracks. Out of range[7] ot the fire he listened. The low soft voice ot the Negro was talking. Nick could not hear the words. Then he heard the little man say, "I got an awful headache, Bugs."

"You'll feel better, Mister Francis," the Negro's voice soothed[8]. "Just you[9] drink a cup of this hot coffee."

Nick climbed the embankment and started up the track. He found he had a ham sandwich in his hand and put it in his pocket. Looking back from the mounting grade[10] before the track curved into the hills he could see the firelight in the clearing.

---

1. **to hate :** *haïr, détester ;* hate : *la haine.*
2. **I'd have warned you** = I should have warned you *(J'aurais dû vous prévenir)* ou I would have warned you *(Je vous aurais prévenu... si...) ;* les deux seraient possibles ici ; autre traduction possible : *Je vous aurais bien prévenu, mais...*
3. **to hit (hit, hit) :** *frapper,* mais aussi : *trouver une ville sur son chemin, entrer* (en ville).
4. on pourrait également trouver : to stay for the night.
5. = you'd better + infinitive ; ne pas confondre avec you'd rather + infinitive *(préférer, aimer mieux).*
6. **smooth :** *lisse, sans aspérité, régulier, égal ;* ≠ rough.
7. = *hors de portée* (de voix, d'un fusil...) ; ≠ within.
8. **to soothe :** [su:ð] ; syn. : to quiet down, to calm down.

Ça ne me fait pas plaisir de devoir l'assommer, mais c'est la seule chose à faire quand il se met à débloquer. Il faut que je l'éloigne un peu de la compagnie des gens. Vous n'y voyez pas d'inconvénient, n'est-ce pas, Monsieur Adams ? Non, ne me remerciez pas, Monsieur Adams. Je voulais vous avertir à son sujet, mais il semblait vous avoir tellement pris en affection et je pensais que tout irait bien. Vous trouverez une ville à deux miles en continuant sur la voie. Elle s'appelle Mancelona. Au revoir. J'aurais préféré vous inviter à passer la nuit ici, mais c'est tout simplement hors de question. Voulez-vous emporter un morceau de ce jambon et du pain ? Non ? Vous feriez mieux de prendre un sandwich. » Il dit tout cela de sa voix basse, douce et polie de Noir.

« Bon, eh bien, au revoir, Monsieur Adams. Au revoir et bonne chance ! »

Nick s'éloigna du feu et se dirigea vers la voie de chemin de fer en traversant la clairière. Lorsqu'il fut hors du cercle de lumière du feu, il tendit l'oreille. La voix douce et profonde du Noir parlait. Nick ne pouvait pas comprendre les mots. Puis il entendit le petit homme dire : « J'ai un mal de crâne terrible, Bugs. »

« Vous allez vous sentir mieux », dit la voix apaisante du Noir. « Buvez donc une bonne tasse de café chaud. »

Nick escalada le talus et se mit en route le long de la voie. Il se rendit compte qu'il avait un sandwich au jambon à la main et le mit dans sa poche. La voie montait avant de s'enfoncer en tournant dans les collines. En se retournant, il put voir la lumière du feu dans la clairière.

---

9. devant un impératif **you** peut marquer l'insistance polie ; ex. : **Just you sit ; just you come in** ; il peut également renforcer l'ordre : **Just you do what I'm telling you to do ;** souvent précédé de just.
10. toute la phrase m. à m. : « *Se retournant pour regarder de la déclivité montante avant que la voie tourne dans les collines, il put voir...* » ; **grade :** ici *la pente* ; aussi : *la classe, la qualité, la note ;* **high-grade cotton** : *coton de bonne qualité.*

Révisions

Vous avez rencontré en lisant cette nouvelle les équivalents américains des expressions suivantes. Vous en souvenez-vous ?

1. Il s'était fait avoir ; on ne l'y reprendrait plus.
2. Ne vous inquiétez pas ; je vais continuer jusqu'en ville.
3. Mon cœur bat lentement ; il ne bat que quarante fois par minute.
4. D'où avez-vous dit que vous étiez ?
5. Voulez-vous refermer le sandwich et le passer à monsieur Francis ?
6. Je crois bien que je l'ai frappé un peu trop fort.
7. Ad n'a rien de grave ; il n'y a pas lieu de s'inquiéter.
8. Je l'ai vue une fois ou deux ; c'était une femme vraiment magnifique.
9. Ça lui fait plaisir de croire que je suis fou aussi. Moi, ça ne me dérange pas.
10. J'aurais aimé pouvoir vous inviter à passer la nuit.
11. Vous rencontrerez une ville à deux miles d'ici.
12. Je vous aurais bien prévenu, mais il semblait vous avoir pris en affection.

1. **He had fallen for it ; they would not suck him that way again.**
2. **Don't bother ; I'm going on to the town.**
3. **My heart is slow ; it beats only forty a minute.**
4. **Where did you say you were from ?**
5. **Just close the sandwich, will you, and give it to Mister Francis.**
6. **I'm afraid I hit him just a little too hard.**
7. **Ad is all right ; there is nothing to worry about.**
8. **I saw her a couple of times ; she is an awful(ly) good-looking woman.**
9. **He likes to think that I am crazy too and I don't mind.**
10. **I wish I could ask you to stay the night.**
11. **You'll hit town two miles down the track.**
12. **I'd have warned you but he seemed to have taken a liking for you.**

John O'HARA (1905-1970)

Graven Image

L'idole

Originaire de Pennsylvanie, John O'Hara se fait connaître en 1934 grâce à son roman *Appointment at Samara* qui décrit la vie d'une ville moyenne aux Etats-Unis de façon froide et presque chirurgicale.

Comme son maître, Hemingway, O'Hara excelle dans les dialogues. La nouvelle choisie illustre leur ton juste, leur vivacité et leur finesse.

The car turned in at the brief, crescent-shaped drive[1] and waited until the two cabs[2] ahead had pulled away[3]. The car pulled up, the doorman opened the rear[4] door, a little man got out. The little man nodded pleasantly enough to the doorman and said "Wait" to the chauffeur. "Will the Under Secretary[5] be here long ?" asked the doorman.

"Why ?" said the little man.

"Because if you were going to be here, sir, only a short while, I'd let your man leave the car here, at the head of the rank[6]."

"Leave it there *anyway*," said the Under Secretary.

"Very good, sir," said the doorman. He saluted[7] and frowned only a little as he watched the Under Secretary enter[8] the hotel. "Well," the doorman said to himself, "it was a long time coming[9]. It took him longer than most, but sooner or later all of them —" He opened the door of the next car, addressed a colonel and a major[10] by their titles, and never did anything about the Under Secretary's car, which pulled ahead and parked in the drive.

The Under Secretary was spoken to many times in his progress to the main dining room. One man said, "What's your hurry[11], Joe ?," to which the Under Secretary smiled and nodded. He was called Mr Secretary most often, in some cases easily, by the old Washington hands[12], but more frequently with that embarrassment which Americans feel in using titles.

---

1. **drive :** *allée carrossable ;* ⚠ différent de alley : *ruelle* ou *allée piétonne ;* de aisle : *allée, passage entre les sièges d'une salle, d'un avion...*
2. **cab** (de : cabriolet) = taxi-cab ; a cabbie : *un chauffeur de taxi.*
3. **to pull away** ⚠ ne pas confondre avec to pull out : *démarrer ;* to pull over : *se ranger sur le côté ;* to pull up : *s'arrêter ;* to pull in : *entrer.* Verbes utilisés uniquement pour la voiture.
4. **rear-door ;** *arrière, derrière :* rear, aft, back ; ≠ : front ; exemple : front-door, front-seat.
5. ⚠ secretary : *ministre ;* ex. : Secretary of State, *ministre des Affaires étrangères ;* **Under Secretary** peut signifier : *sous-secrétaire* ou *secrétaire d'Etat.*
6. *« rang » ;* taxi-rank : *station de taxis.*

La voiture tourna dans la courte allée en forme de croissant et attendit que les deux taxis devant elle soient partis. La voiture s'avança, le portier ouvrit la portière arrière, un petit homme sortit. Le petit homme fit un signe de tête plutôt aimable au portier et dit « Attendez » au chauffeur. « Le Sous-Secrétaire restera-t-il longtemps ici ? » demanda le portier.

« Pourquoi ? » demanda le petit homme.

« Parce que, Monsieur, si vous ne deviez rester ici que peu de temps, je laisserais votre homme stationner la voiture en tête de file. »

« Laissez-la ici *de toute façon* », dit le Sous-Secrétaire.

« Très bien, Monsieur », dit le portier. Il salua et ne fronça que légèrement les sourcils en regardant le Sous-Secrétaire entrer dans l'hôtel. « Eh bien », se dit le portier, « cela devait arriver un jour. Il lui a fallu plus de temps qu'à la plupart d'entre eux, mais tôt au tard, tous... » Il ouvrit la portière de la voiture suivante, s'adressa à un colonel et à un commandant par leur titre et s'abstint de faire quoi que ce soit au sujet de la voiture du Sous-Secrétaire qui s'avança pour stationner dans l'allée.

A maintes reprises, des gens s'adressèrent au Sous-Secrétaire alors qu'il se dirigeait vers la salle à manger principale. Un homme demanda : « Pourquoi donc te presses-tu, Joe ? », ce à quoi le Sous-Secrétaire répondit par un sourire et un hochement de la tête. Les habitués de Washington l'appelaient le plus souvent Monsieur le Sous-Secrétaire, certains avec aisance, mais le plus souvent avec cet air embarrassé qu'ont les Américains quand ils utilisent des titres.

---

7. *« salua de façon un peu formelle » ;* ⚠ dans la vie de tous les jours *saluer* se dira **to greet, to say hello.**
8. ⚠ pas de prép. après **enter : to enter a room.**
9. *« cela a mis longtemps à venir ».*
10. ⚠ signifie toujours *commandant ;* ne correspond pas au français *major* (officier supérieur) ; **Major General** : *général de brigade.*
11. *« Quelle est ta hâte ? »*
12. **hands :** *main-d'œuvre, équipe, équipage d'un bateau* (syn. : **crew**) ; d'où *les gens qui travaillent ;* **a farm-hand** : *un ouvrier agricole ;* la connotation du mot est souvent celle d'un travail (manuel) répétitif ; voir aussi l'expression : **to be an old hand at** : *être un expert dans...*

As he passed through the lobby [1], the Under Secretary himself addressed by their White House nicknames two gentlemen whom [2] he had to acknowledge to be closer to The Boss [3]. And, bustling all the while, he made his way to the dining room, which was already packed. At the entrance he stopped short [4] and frowned. The man he was to meet, Charles Browning, was chatting [5], in French, very amiably with the maître d'hôtel [6]. Browning and the Under Secretary had been at Harvard at the same time.

The Under Secretary went up to him. "Sorry if I'm a little late," he said, and held out his hand, at the same time looking at his pocket watch. "Not so very [7], though. How are you, Charles ? Fred, you got my message ?"

"Yes, sir," said the maître d'hôtel. "I put you at a nice table all the way back [8] to the right." He meanwhile had wig-wagged a captain, who stood by [9] to lead the Under Secretary and his guest to Table 12. "Nice to have seen you again, Mr Browning. Hope you come see us again while you are in Washington. Always a pleasure, sir."

"Always a pleasure, Fred," said Browning. He turned to the Under Secretary. "Well, shall we [10] ?"

"Yeah [11], let's sit down," said the Under Secretary.

The captain led the way [12], followed by the Under Secretary, walking slightly sideways. Browning, making one step to two of the Under Secretary's, brought up the rear.

---

1. **lobby :** *entrée, hall, salon d'accueil ;* le sens de *groupe de pression* vient de ce que les députés et sénateurs américains étaient traditionnellement sollicités dans les **lobbies** du Sénat ou de la Chambre des Représentants par les groupes et associations intéressés par les projets de loi alors discutés.
2. noter l'emploi de la forme objet **whom ;** *« qu'il devait reconnaître être plus proche ».*
3. ici : le Président des Etats-Unis ; d'où les majuscules.
4. *« s'arrêta court ».*
5. syn. : **conversing, talking, discussing ; a friendly chat :** *une discussion amicale ;* **a fire-side chat :** *conversation autour du feu* (mise à la mode, en politique, par le Président Roosevelt).
6. ['metrə dəʊ'tel] ; souvent abrégé en **maître d'**.

En traversant le hall d'entrée, le Sous-Secrétaire lui-même interpella par leur surnom de la Maison-Blanche deux messieurs dont il devait bien reconnaître qu'ils étaient plus proches du patron. Et, tout en s'affairant, il se dirigea vers la salle à manger qui était déjà bondée. À l'entrée, il s'arrêta net et fronça les sourcils. L'homme qu'il devait rencontrer, Charles Browning, conversait amicalement, en français, avec le maître d'hôtel. Browning et le Sous-Secrétaire avaient fait leurs études ensemble à Harvard.

Le Sous-Secrétaire s'avança vers lui. « Désolé d'être un peu en retard », dit-il ; il tendit la main tout en regardant sa montre-oignon. « Mais pas trop quand même. Comment vas-tu, Charles ? Fred, vous avez reçu mon message ? »

« Oui, Monsieur », dit le maître d'hôtel, « je vous ai mis à une bonne table, tout au fond à droite. » Ce disant, il avait fait des signes à un garçon de salle qui se tenait là pour conduire le Sous-Secrétaire et son invité à la table 12. « Très heureux de vous avoir revu, monsieur Browning. J'espère que vous reviendrez nous voir durant votre séjour à Washington. C'est toujours un plaisir de vous revoir. »

« Le plaisir est pour moi, Fred », dit Browning. Il se tourna vers le Sous-Secrétaire. « Eh bien, nous y allons ? »

« Ouais, asseyons-nous », dit le Sous-Secrétaire.

Le garçon montra le chemin en se tournant légèrement de côté, suivi du Sous-Secrétaire. Browning, qui faisait un pas quand le Sous-Secrétaire en faisait deux, fermait la marche.

---

7. sous-entendu : **not so very** (late) : *pas si en retard.*
8. **all the way back :** *toute la distance au fond/en arrière ;* ≠ **all the way (in) front** ; aussi **all the way to the right/left** : *tout à fait à droite/gauche.*
9. = *se tenir à la disposition ;* **a stand-by ticket** : *billet d'avion qui donne droit à un passage en fonction des places disponibles ;* **to be on stand-by** : *être en attente.*
10. **shall we** (sit down) **?** ; le verbe principal est sous-entendu ; formule de politesse pour inviter quelqu'un à faire quelque chose ; peut également se traduire par *veuillez* ou *voulez-vous.*
11. le sous-secrétaire marque son approbation de cette façon fort peu distinguée, soulignant encore la différence de tenue entre la langue qu'il utilise et celle de son compagnon.
12. *« mena le chemin ».*

When they were seated [1], the Under Secretary took the menu out of the captain's hands. "Let's order right away so I don't have to look up and talk to those two son of a bitches [2]. I guess [3] you know which two [4] I mean." Browning looked from right to left, as anyone does on just sitting down in a restaurant. He nodded and said, "Yes, I think I know. You mean the senators."

"That's right," said the Under Secretary. "I'm not gonna [5] have a cocktail, but you can... I'll have the lobster [6]. Peas. Shoestring [7] potatoes... You want a cocktail ?"

"I don't think so. I'll take whatever you're having."

"O.K., waiter ?" said the Under Secretary.

"Yes, sir," said the captain, and went away.

"Well, Charles, I was pretty surprised to hear from [8] you."

"Yes," Browning said, "I should imagine so, and by the way, I want to thank you for answering my letter so promptly. I know how rushed you fellows [9] must be, and I thought, as I said in my letter, at your convenience [10]."

"Mm. Well, frankly, there wasn't any use in putting you off [11]. I mean till next week or two weeks from now or anything like that. I could just as easily see you today as a month from now. Maybe easier. I don't know where I'll be likely to be a month from now. In more ways than one [12]. I may be taking the Clipper to London, and then of course I may be out on my can [13] ! Coming to New York and asking *you* for a job.

---

1. **seated** ['si:tid] ; Please, be seated ! : *Asseyez-vous, s'il vous plaît ;* ou bien : Please, sit down.
2. *« fils de chienne » ;* abrégé en s.o.b. pour placer cette insulte très forte dans la conversation « correcte ».
3. emploi fréquent de **to guess** *(deviner)* pour to think, to believe ; on trouve également to reckon *(calculer),* lui aussi populaire ; ex. : I guess I'll be seeing him soon.
4. *« lesquels deux » ; lequel ?* se disant which one ?, il est possible de dire : **which two**/three/... ?.
5. **gonna** = going to ; de la même façon gotta = got to ; oughta = ought to.
6. ⚠ peut être *homard* ou *langouste ;* la distinction se fait souvent en ajoutant l'État d'origine du crustacé : Florida lobster *(langouste)* ou Maine lobster *(homard).*

Quand ils furent assis, le Sous-Secrétaire prit le menu des mains du garçon. « Commandons tout de suite, ainsi je n'aurai pas à parler à ces deux salauds. Je suppose que tu vois qui je veux dire. » Browning regarda à droite et à gauche comme tout le monde fait en s'asseyant au restaurant. Il hocha la tête et dit : « Oui, je crois savoir de qui tu parles, tu parles des deux sénateurs. »

« C'est bien cela », dit le Sous-Secrétaire. « Je ne prendrai pas de cocktail, mais prends-en un si tu veux... Je prendrai du homard, des petits pois. Des pommes-paille... Tu veux un cocktail ? »

« Je crois que non. Je prendrai la même chose que toi. »

« C'est compris, garçon ? » dit le Sous-Secrétaire.

« Oui, Monsieur », dit le garçon et il partit.

« Eh bien, Charles, j'ai été plutôt surpris d'avoir de tes nouvelles. »

« Oui », dit Browning, « je l'imagine et, au fait, je veux te remercier d'avoir répondu si vite à ma lettre. Je sais combien les gars comme toi ont beaucoup à faire et je pensais, comme je le disais dans ma lettre, quand tu le pourrais. »

« Hum, eh bien, franchement, il n'y avait pas de raison de te faire attendre. Je veux dire une semaine ou deux ou toute autre période. Je pouvais te voir aussi facilement aujourd'hui que dans un mois ; plus facilement peut-être. Je ne sais pas où je pourrai bien être dans un mois ; à tous les sens du terme. Il se pourrait que je sois en train de prendre le paquebot pour Londres, ou que je sois viré de mon bureau ! En route pour New York pour te demander, à toi, un travail.

---

7. « *pommes de terre-lacets* » (de chaussures).
8. ⚠ **to hear from somebody :** *avoir* (directement) *des nouvelles de quelqu'un ;* **to hear of someone :** *entendre parler de quelqu'un.*
9. en anglais, l'impossibilité de déterminer si **you** veut dire *vous* (pluriel) ou *vous* (de politesse) amène à ajouter un petit mot qui apportera cette précision ; dans le Sud, on ajoute **all** : **you all** ; dans le reste du pays, on dit : **you guys**, ou **you fellows** pour *vous* (pluriel).
10. « *à ta convenance* ».
11. « *de te remettre à plus tard* » ; syn. : **to postpone.**
12. « *dans plus de façons qu'une* » = *à plusieurs titres.*
13. « *dehors sur le cul* ».

I take [1] it that's what you wanted to see me about."

"Yes, and with hat in hand."

"Oh, no. I can't see you waiting with hat in hand, not for anybody. Not even for The Boss."

Browning laughed.

"What are you laughing at ?" asked the Under Secretary.

"Well, you know how I feel about him, so I'd say least of all [2] The Boss."

"Well, you've got plenty of company [3] in this goddam [4] town. But why'd you come to me [5], then ? Why didn't you go to one of your Union League or Junior League or what-ever-the-hell-it-is [6] pals [7] ? There, that big jerk [8] over there with the blue suit and the striped tie, for instance ?"

Browning looked over at the big jerk with the blue suit and striped [9] tie, and at that moment their eyes met and the two men nodded.

"You *know* him ?" said the Under Secretary.

"Sure, I know him, but that doesn't say I *approve* of [10] him."

"Well, at least that's something [11]. And I notice he knows you."

"I've been to his house. I think he's been to our house when my father was alive, and naturally I've seen him around [12] New York all my life."

"Naturally. Naturally. Then why didn't you go to *him* [13] ?"

---

1. *« Je le prends que c'est ce que... » ;* noter le sens de *comprendre* de **to take.**

2. *« moins que tous » ;* sous-entendu : le président est la dernière personne que j'irai voir.

3. *« tu as plein de gens que tu connais » ;* noter le sens de *personnes connues, connaissances,* de **company ;** le mot signifie aussi *compagnie* (**to be in good company** : *être en bonne compagnie)* et *société commerciale.*

4. = **god damned** : *« damné de dieu ».*

5. = **why should you come to me ?** ou **why would you come to me ?** : *pourquoi devrais-tu...* ou *pourquoi viendrais-tu ?...*

6. *« quoi que l'enfer ce soit » = quel que soit le nom donné à ce club ;* emploi argotique de **hell** pour renforcer un terme : **who the hell did she meet ?, where the hell are they ?** ; voir note 9, page 40.

Je crois que c'est à ce sujet que tu voulais me voir. »

« Oui, et le chapeau à la main. »

« Oh non, je ne peux pas t'imaginer attendre le chapeau à la main, devant personne ; pas même le Patron. »

Browning se mit à rire.

« Qu'est-ce qui te fait rire ? » demanda le Sous-Secrétaire.

« Eh bien, tu sais ce que je pense de lui, alors je dirais surtout pas le Patron. »

« Bon, tu n'es pas seul dans cette putain de ville. Mais pourquoi c'est moi que tu es venu voir, alors ? Pourquoi n'es-tu pas allé voir un de tes copains de la Ligue de l'Union ou de la Jeune Ligue ou de Dieu sait où ? Tiens, ce grand crétin là-bas avec le complet bleu et la cravate rayée, par exemple ? »

Browning jeta un coup d'œil au grand type en complet bleu et cravate rayée, et à ce moment-là leurs yeux se rencontrèrent ; les deux hommes hochèrent la tête.

« Tu le connais ? » demanda le Sous-Secrétaire.

« Bien sûr que je le connais, mais cela ne veut pas dire que je sois d'accord avec lui. »

« A la bonne heure. Et je remarque qu'il te connaît. »

« Je suis allé chez lui. Je crois qu'il est venu chez nous du temps où père était encore en vie et naturellement je l'ai toujours vu à New York dans les réunions, les soirées, les dîners... »

« Naturellement, naturellement. Alors, pourquoi n'es-tu pas allé le voir, lui ? »

---

7. [pæl] ; syn. : **buddies** (sing. : **buddy**).
8. du verbe **to jerk :** *donner une secousse ;* très péjoratif utilisé seul pour désigner une personne.
9. ['straɪpt], de **stripe :** *bande, rayure.* ⚠ ne pas confondre avec **stripped** ['stript], du verbe **to strip** : *retirer, dépouiller.*
10. noter l'emploi de **of** pour indiquer l'accord après **to approve** ; **I approve of what he does** : *Je suis d'accord avec ce qu'il fait.*
11. *« au moins c'est quelque chose »,* sous-entendu *de positif.*
12. *« je l'ai vu autour de New York » = je l'ai vu çà et là à New York.* Noter l'expression : **See you around !** (*« Je te verrai dans le coin, ici ou là »*) = *A plus tard ! / A bientôt !*
13. les italiques ou le soulignement marquent l'insistance : ***I* will come** = *C'est moi qui viendrai.*

"That's easy. I wouldn't like to ask him for anything. I don't approve of the man, at least as a politician [1], so I couldn't go to him and ask him a favor."

"But, on the other hand, you're not one of our team [2], but yet you'd ask me a favor. I don't get it [3]."

"Oh, yes you do [4], Joe. You didn't get where you are by not being able to understand a simple thing like that."

Reluctantly — and quite obviously it was reluctantly — the Under Secretary grinned [5]. "All right. I was baiting [6] you."

"I know you were, but I expected it. I have it coming to me [7]. I've always been against you fellows [8]. I wasn't even for you in 1932 [9], and that's a hell of an admission, but it's the truth. But that's water under the bridge [10] — or isn't it ?" The waiter interrupted with the food, and they did not speak until he had gone away.

"You were asking me if it isn't water under the bridge. Why should it be ?"

"The obvious reason," said Browning.

"My country, 'tis of thee [11] ?"

"Exactly. Isn't that enough ?"

"It isn't for your Racquet Club pal over there."

"You keep track [12] of things like that ?"

"Certainly," said the Under Secretary. "I know every goddam club in this country, beginning back [13] about twenty-three years ago.

---

1. noter as **a** politician ; l'anglais place toujours l'article devant les noms de fonction ; *il est médecin :* **he is a** doctor.
2. *« l'un de notre équipe »* = parti politique.
3. noter l'utilisation du verbe **to get** comme verbe passe-partout, signifiant ici *comprendre.*
4. = Oh, yes you get it : *Si, tu comprends.*
5. ⚠ **to grin :** *découvrir les dents,* pour indiquer plaisir (He grinned at her : *Il lui sourit*) ou douleur (a grin of pain).
6. **to bait someone :** *appâter quelqu'un, lui tendre un piège ;* de bait : *l'appât* qu'on met dans l'eau par exemple pour attirer le poisson.
7. *« je l'avais venant à moi » ;* traduction possible : *Je l'ai cherché.*

« C'est simple, je n'aimerais pas lui demander quoi que ce soit. Il ne me plaît pas, du moins comme homme politique, c'est pourquoi je ne pourrais pas aller le voir pour lui demander une faveur. »

« Mais, d'un autre côté, tu n'es pas des nôtres et pourtant tu me demanderais de te faire une faveur. Je ne comprends pas. »

« Oh, que si, Joe. Tu n'es pas arrivé là où tu es sans être capable de comprendre une chose aussi simple que ça. »

A contrecœur — et de toute évidence, c'était à contrecœur — le Sous-Secrétaire sourit. « D'accord, je te faisais marcher. »

« Je le savais et je m'y attendais. Je le mérite. J'ai toujours été contre vous, je n'étais même pas pour vous en 1932, c'est un aveu dur à faire mais c'est la vérité. Mais c'est du passé, non ? » Le garçon qui apportait les plats interrompit la conversation ; ils attendirent qu'il soit parti pour la reprendre.

« Tu me demandais si ce n'était pas du passé. Pourquoi en serait-il ainsi ? »

« La raison est évidente », dit Browning.

« "Mon pays, c'est à toi" ? »

« Exactement ; cela ne suffit pas ?"

« Cela ne suffit pas à ton copain du Racquet Club, là-bas. »

« Tu te souviens de choses comme ça ? »

« Bien sûr », dit le Sous-Secrétaire, « je connais tous les putains de clubs de ce pays, depuis il y a vingt-trois ans à peu près.

---

8. = *les gens de ton bord ;* voir note 9, page 63.
9. 1932, année de l'élection de Roosevelt contre Hoover. Roosevelt avait fait campagne pour le New Deal.
10. *« c'est de l'eau sous le pont »* = *c'est de l'histoire ancienne, c'est oublié.*
11. premier vers de la chanson **America** écrite en 1831 par Samuel Francis Smith, sur l'air de **God save the Queen** : My country, 'tis of Thee/ Sweet land of Liberty/ Of Thee I sing :...
12. *« tu gardes des traces » ;* **track :** *une piste* laissée par un animal, par exemple.
13. *« commençant aussi loin en arrière que... » ;* noter que **back** est utilisé pour indiquer une date dans le passé ; **Back in 1953, when we were in Denver... :** *En 1953...*

I had ample time [1] to study them all then, you recall [2], objectively, from the outside. By the way [3], I notice you wear a wristwatch. What happens [4] to the little animal ?"

Browning put his hand in his pocket and brought out a small bunch [5] of keys. He held the chain so that the Under Secretary could see, suspended from it, a small golden pig [6]. "I still carry it," he said.

"They tell me a lot of you fellows put them back in your pockets about five years ago, when one of the illustrious brethren [7] closed his downtown office and moved up to Ossining [8]."

"Oh, probably," Browning said, "but quite a few fellows, I believe, that hadn't been wearing them took to [9] wearing them again out of simple loyalty. Listen, Joe, are we talking like grown men [10] ? Are you sore [11] at the Pork ? Do you think you'd have enjoyed being a member of it ? If being sore at it was even partly responsible [12] for getting you where you are, then I think you ought to be a little grateful to it. You'd show the bastards. O.K. You showed them. Us. If you hadn't been so sore at the Porcellian so-and-so's [13], you might have turned into just another [14] lawyer."

"My wife gives me that [15] sometimes."

"There, do you see ?" Browning said. "Now then, how about the job ?"

The Under Secretary smiled. "There's no getting away from it [16] you guys [17] have got something. O.K., what are you interested in [18] ?

---

1. **ample time :** *tout le temps nécessaire.*
2. **to recall** = **to remember** : ⚠ ne pas confondre avec **to remind** : *rappeler quelque chose à quelqu'un.*
3. ⚠ *de cette façon* se dirait **(in) this way.**
4. « *Qu'est-ce qu'il advient de* ».
5. **bunch** se traduira différemment selon le mot qui le suit : **a bunch of flowers** *(un bouquet de fleurs),* **a bunch of sticks** *(un fagot de bois),* **a bunch of people** (familier : *une foule de gens*).
6. **golden pig :** *cochon doré, cochon d'or* (en or véritable).
7. pluriel de **brother** utilisé dans la religion chrétienne, les loges, sociétés et clubs qui imposent un rite d'initiation.
8. petite ville au nord de New York sur l'Hudson où se trouve la fameuse prison de Sing Sing.

J'avais tout le temps de les étudier alors, tu te souviens, objectivement, de l'extérieur. Au fait, je remarque que tu portes une montre-bracelet. Qu'est-il arrivé au petit animal ? »

Browning mit la main dans sa poche et en sortit un petit trousseau de clés. Il tint la chaîne de telle façon que le Sous-Secrétaire pouvait voir un petit cochon doré qui y était suspendu. « Je le porte encore », dit-il.

« On me dit que pas mal d'entre vous les ont rentrés dans leurs poches il y a à peu près cinq ans, quand l'un des illustres frères a fermé son bureau du centre ville et déménagé à Ossining. »

« Oh, c'est possible », dit Browning « mais je crois que pas mal de gars qui ne les portaient pas se sont mis à les porter à nouveau par pure fidélité. Ecoute, Joe, on parle comme des adultes ? Tu es fâché contre le Porc ? Tu penses que tu aurais aimé en être membre ? Si lui en vouloir était, ne serait-ce que partiellement, responsable de ton ascension, alors je pense que tu devrais lui être un peu reconnaissant. Tu voulais leur montrer à ces salauds. D'accord. Tu leur as montré. A nous. Si tu n'en avais pas tant voulu aux gars du Porc, tu aurais pu ne devenir qu'un avocat parmi tant d'autres. »

« C'est ce que ma femme me dit parfois. »

« Eh bien, tu vois ? » dit Browning. « Bon, maintenant, si on parlait de ce travail ? »

Le Sous-Secrétaire sourit. « Il n'y a pas à faire, vous avez un petit quelque chose. Bon. Qu'est-ce qui t'intéresse ?

---

9. **to take to** + forme en -ing : *prendre une habitude ;* ex. : **he took to smoking when he was in school.**
10. *des hommes grandis » ; les adultes :* **grown-ups.**
11. **sore** (adj.) : *douloureux* (**a sore throat** : *mal de gorge*) ; il est synonyme ici de : **angry.**
12. ⚠ **responsible** s'écrit avec un i (ible).
13. **porcellian :** adjectif formé sur *pork ;* **so-and-so :** *Untel ;* ex. : **Mr So-and-so.**
14. *« seulement un autre » ;* autre traduction possible : (un avocat) *comme tant d'autres.*
15. **give me that** (sort of stuff) : *« me donne ce type de chose » ;* **Don't give me that** : *Arrête de me débiter ces salades / mauvaises excuses.*
16. *« il n'y a pas à s'éloigner de ceci ».*
17. voir note 9, page 63.
18. **interested** est toujours suivi de **in.**

Of course, I make no promises[1], and I don't even know if what you're interested in is something I can help you with."

"That's a chance[2] I'll take. That's why I came to Washington, on just that chance, but it's my guess[3] you can help me." Browning went on to tell the Under Secretary about the job he wanted. He told him why he thought he was qualified for it, and the Under Secretary nodded. Browning told him everything he knew about the job, and the Under Secretary continued to nod silently. By the end[4] of Browning's recital the Under Secretary had become thoughtful[5]. He told Browning that he thought there might be some little trouble with a certain character[6] but that that character could be handled, because the real say so[7], the green light, was controlled by a man who was a friend of the Under Secretary's[8], and the Under Secretary could almost say at this moment that the matter could be arranged.

At this, Browning grinned. "By God, Joe, we've got to have a drink on[9] this. This is the best news[10] since —" He summoned[11] the waiter. The Under Secretary yielded and ordered a cordial. Browning ordered a Scotch[12]. The drinks were brought. Browning said, "About the job. I'm not going to say another word but just keep my fingers crossed[13]. But as to you, Joe, you're the best. I drink to you."

---

1. l'anglais utilise ici le pluriel après **no** alors que le français utiliserait le singulier.
2. ▲ **a chance :** *un risque ; la chance :* luck, the odds (dans : *Quelles sont ses chances de succès ? :* **What are the odds for him to succeed** ?).
3. *« c'est ma conjecture » ;* **guess** est ici pris au sens propre (to guess : *deviner, faire une conjecture*) ; ▲ *une devinette :* a riddle.
4. ▲ différence entre **by the end** et at the end ; le premier indique qu'un processus ou une action se déroule au cours d'un laps de temps, le second indique uniquement le point final ; ex. : He'll go to the US by the end of the year *(Il ira aux USA d'ici à la fin de l'année) ;* mais He'll go at the end of the year *(Il y ira à la fin de l'année).*
5. syn. : pensive.

Bien sûr, je ne te promets rien et je ne sais même pas si ce qui t'intéresse est quelque chose en quoi je peux t'aider. »

« C'est un risque que je dois prendre. C'est pourquoi je suis venu à Washington, pour tenter cette chance, et je parierais que tu peux m'aider. » Browning commença à donner au Sous-Secrétaire des explications sur le travail qu'il désirait. Il lui dit pourquoi il pensait qu'il avait les qualités requises, et le Sous-Secrétaire opina. Browning lui dit tout ce qu'il savait sur ce travail, et le Sous-Secrétaire continua d'opiner en silence. A la fin du monologue de Browning le Sous-Secrétaire était devenu pensif. Il dit à Browning qu'il pensait qu'il pourrait y avoir un petit ennui avec un certain personnage mais qu'il pourrait circonvenir ce personnage car la décision finale, le feu vert, était du ressort d'un homme qui était l'un des amis du Sous-Secrétaire, et le Sous-Secrétaire pouvait presque dire à ce moment que l'affaire pouvait être arrangée.

En entendant cela, Browning sourit largement. « Bon Dieu, Joe, il faut que nous buvions un verre pour célébrer cela. C'est la meilleure nouvelle depuis... » Il appela le garçon. Le Sous-Secrétaire se laissa faire et commanda un cordial. Browning commanda un scotch. On apporta les boissons. Browning dit : « Au sujet du travail, je n'ajouterai pas un mot, mais j'espère que ça marchera. Quant à toi, Joe, c'est toi le meilleur. Je bois à ta santé ».

---

6. ⚠ **a character** est *une personne ;* mais *Elle a bon caractère :* **She is good-tempered.**
7. *« dire ainsi » ;* **to have a say in** : *avoir son mot à dire.*
8. noter l'utilisation du cas possessif.
9. *« avoir une boisson sur cela » ;* on trouve aussi : **Let's drink to this.**
10. ⚠ **news** est toujours pluriel alors que **information** ne l'est jamais.
11. **to summon :** *convoquer ;* **to summon someone to court :** *convoquer quelqu'un devant le tribunal.*
12. ⚠ **Scotland** : *l'Ecosse ;* **a Scot** : *un Ecossais ;* **Scottish :** *écossais* (une chanson écossaise) ; **Scotch :** *le whisky ;* mais *le tissu écossais :* **tartan** ou **plaid** [plæd].
13. *« garder mes doigts croisés »* pour conjurer le sort. Autre traduction : *Touchons du bois.*

The two men drank, the Under Secretary sipping at [1] his, Browning taking half of his. Browning looked at the drink in his hand. "You know, I was a little afraid. That other stuff [2], the club stuff."

"Yes," said the Under Secretary.

"I don't know why fellows like you — you never would have made it in a thousand years [3], but" — then, without looking up, he knew everything had collapsed — "but I've said exactly the wrong thing, haven't I ?"

"That's right, Browning," said the Under Secretary. "You've said exactly the wrong thing. I've got to be going [4]." He stood up and turned and went out, all dignity [5].

---

1. **to sip :** *boire à petites gorgées ;* **to sip at a drink** ou to sip a drink.
2. **stuff** est un mot passe-partout : *truc, machin, bidule ;* à l'origine : *étoffe.*
3. *« tu ne l'aurais jamais fait en mille ans » ;* noter le sens de *réussir* de **to make it ; He's got it made** : *C'est du tout cuit. Il n'a pas à se fouler.*
4. *« Il faut que je sois allant ».*
5. *« tout dignité » ;* autre traduction : *drapé dans sa dignité.*

Les deux hommes burent, le Sous-Secrétaire en sirotant le contenu de son verre et Browning en avalant la moitié du sien. Browning regarda son verre dans sa main.

« Tu sais, j'avais un peu peur. Ces autres histoires, ces histoires de club. »

« Oui », dit le Sous-Secrétaire.

« Je ne sais pas pourquoi des gars comme toi.. tu n'avais aucune chance de réussir, mais... » alors, sans lever les yeux, il sut que tout s'était effondré « ...mais j'ai dit exactement ce qu'il ne fallait pas dire, n'est-ce pas ? »

« C'est exact, Browning », dit le Sous-Secrétaire. « Tu as dit la chose à ne pas dire. Il faut que je parte. » Il se leva, se tourna et sortit très digne.

Révisions

Vous avez rencontré en lisant cette nouvelle les équivalents américains des expressions suivantes. Vous en souvenez-vous ?

1. Cela devait arriver un jour.
2. Je vous ai mis à une bonne table tout au fond.
3. Très heureux de vous avoir revu.
4. J'espère que vous reviendrez nous voir.
5. Commandons tout de suite.
6. Je ne veux pas parler à ces deux gars là-bas.
7. Je crois comprendre que c'est à ce propos que tu voulais me voir.
8. Si tu n'avais pas été monté contre notre club, tu aurais pu ne devenir qu'un avocat parmi tant d'autres.
9. Qu'est-ce qui t'intéresse ? je ne te promets rien.
10. Il faut que nous buvions un verre pour fêter ça.
11. J'ai dit exactement ce qu'il ne fallait pas dire.
12. Je veux te remercier d'avoir répondu si rapidement à ma lettre.

1. **It was a long time coming.**
2. **I put you at a good table all the way back.**
3. **Nice to have seen you again.**
4. **I hope you'll come see us again.**
5. **Let's order right away.**
6. **I don't want to talk to those two fellows over there.**
7. **I take it this is what you wanted to see me about.**
8. **If you had not been sore at our club, you would have been just another lawyer.**
9. **What are you interested in ? I make no promises.**
10. **We've got to drink on this.**
11. **I've said exactly the wrong thing.**
12. **I want to thank you for answering my letter so promptly.**

STEPHEN CRANE (1871-1900)

The Bride Comes to Yellow Sky

La mariée arrive à Yellow Sky

Stephen Crane grandit dans le nord-est des États-Unis et s'installe pour écrire à New York, où il fréquente assidûment les quartiers défavorisés de la ville (the Bowery) et mène une vie de bohème.

Il devient ensuite correspondant de guerre en Grèce puis à Cuba et s'installe à Londres où il connaît Henry James et Joseph Conrad en particulier. Il meurt de la tuberculose à Nuremberg à l'âge de 29 ans.

Poète célèbre de son temps, Crane est surtout connu maintenant pour deux romans : *Maggie,* décrivant la vie d'une jeune fille dans les quartiers misérables de New York, *The Red Badge of Courage*, récit de la guerre de Sécession, et pour ses nouvelles. L'histoire présentée ici a été publiée en 1896 après un voyage de l'auteur dans le sud-ouest des États-Unis et au Mexique.

I

The great Pullman[1] was whirling[2] onward[3] with such dignity of motion that a glance from the window seemed simply to prove that the plains of Texas were pouring[4] eastward. Vast flats of green grass, dull-hued[5] spaces of mesquit[6] and cactus, little groups of frame[7] houses, woods of light and tender trees, all were sweeping into the east, sweeping over the horizon, a precipice.

A newly married pair had boarded[8] this train at San Antonio. The man's face was reddened from many days in the wind and sun, and a direct result of his new black clothes was that his brick-coloured hands were constantly performing in a most conscious fashion[9]. From time to time he looked down respectfully at his attire[10]. He sat with a hand on each knee, like a man waiting in a barber's shop. The glances he devoted[11] to other passengers were furtive and shy.

The bride was not pretty, nor was she very young. She wore a dress of blue cashmere, with small reservations of velvet here and there, and with steel buttons abounding[12]. She continually twisted her head to regard[13] her puff-sleeves[14], very stiff, straight, and high. They embarrassed her. It was quite apparent that she had cooked, and that she expected to cook, dutifully[15].

---

1. il s'agit du nom de la société qui construisait ce type de wagon. Il était devenu synonyme de confort.
2. **to whirl** [wɜ:(r)l] : *tournoyer.*
3. **onward :** *vers l'avant ;* construction semblable à : **toward, forward, backward.**
4. *verser, déverser, couler ;* **to pour wine into a glass :** *verser du vin dans un verre.*
5. **a hue :** *une teinte, une nuance de couleur ;* **dull ≠ bright** : *brillant, éclatant.*
6. arbuste qu'on trouve dans tout le sud-ouest des États-Unis et au Mexique.
7. **frame :** *le cadre ;* réfère au mode de construction de ces maisons : des cadres de bois sur lesquels sont clouées des planches qui en forment les murs.

I

Le grand pullman filait à toute vitesse avec une telle dignité dans son mouvement qu'un coup d'œil par la fenêtre semblait tout simplement prouver que les plaines du Texas refluaient vers l'est. D'immenses étendues d'herbe verte, des espaces aux teintes ternes couverts de prosopis et de cactus, des petits groupes de maisons de bois, des bouquets d'arbres aux couleurs tendres et claires, tout se précipitait vers l'est, balayé par-dessus le précipice de l'horizon.

Un couple de nouveaux mariés était monté dans ce train à San Antonio. Le visage de l'homme était rougi par de nombreuses journées passées au vent et au soleil, et ses habits noirs tout neufs avaient pour effet direct que ses mains rouge brique remuaient constamment d'une manière très empruntée. De temps en temps il regardait ses vêtements respectueusement. Il était assis, une main sur chaque genou, comme un homme qui attend chez le coiffeur. Les coups d'œil qu'il accordait aux autres passagers étaient furtifs et timides.

La nouvelle mariée n'était pas jolie, ni jeune. Elle portait une robe de cachemire bleu, avec çà et là des empiècements de velours et des boutons d'acier un peu partout. Elle se tordait continuellement le cou pour contempler ses manches ballons qui étaient très raides, droites et hautes. Elles l'embarrassaient. Il était assez évident qu'elle avait jusqu'ici considéré comme de son devoir de faire la cuisine et qu'elle s'attendait à ce que cela continue.

---

8. **to board (a train, a plane)** : *monter, embarquer* (dans un train, un avion).
9. *« jouaient d'une façon consciente/honteuse » ;* **to be self-conscious** : *avoir honte, ne pas oser.*
10. syn. : **his clothes.**
11. **to devote :** *consacrer ;* noter l'expression : **to cast a glance** : *jeter un coup d'œil.*
12. *« en abondance ».*
13. plus fort que **to look at** ; d'usage assez rare, sauf dans : **I regard myself as a lucky man** (par exemple) : *Je considère que je suis un homme heureux/qui a de la chance.*
14. *« manches gonflantes » ;* **to puff** : *souffler.*
15. *« qu'elle avait fait la cuisine et qu'elle allait faire la cuisine avec application ».*

The blushes caused by the careless scrutiny of some passengers as she had entered the car were strange to see upon this plain, under-class [1] countenance [2], which was drawn in placid, almost emotionless lines.

They were evidently very happy. "Ever [3] been in a parlour [4]-car before ?" he asked, smiling with delight.

"No," she answered ; "I never was [5]. It's fine, ain't it [6] ?"

"Great. And then, after a while, we'll go forward to the diner [7], and get a big lay-out [8]. Finest meal in the world. Charge [9], a dollar."

"Oh, do they ?" cried the bride. "Charge a dollar ? Why, that's too much — for us — ain't it, Jack ?"

"Not this trip, anyhow," he answered bravely. "We're going to go the whole thing [10]."

Later, he explained to her about the train. "You see it's a thousand miles from one end of Texas to the other, and this train runs right across it, and never stops but [11] four times."

He had the pride of an owner. He pointed out to her the dazzling fittings of the coach, and, in truth, her eyes opened wider as she contemplated the sea-green figured [12] velvet, the shining brass, silver, and glass, the wood that gleamed [13] as darkly brilliant as the surface of a pool of oil. At one end a bronze figure sturdily held a support for a separated chamber [14], and at convenient places on the ceiling were frescoes in olive and silver.

---

1. « *sous-classe* » ou « *basse classe* ».
2. ▲ ne signifie jamais *la contenance* (d'un récipient) qui se dirait : capacity ; *le contenu :* contents ; **countenance** signifie : *l'expression générale du visage.*
3. (Have you) ever been... ?
4. du français *parloir.*
5. « *je n'étais jamais* » *;* noter le changement de temps par rapport à la question au passé composé ; on attendrait : I never have.
6. ≐ is it not ; usage populaire ; utilisé souvent pour : have not, has not ; ex. : He ain't got no money : *il n'a pas un sou.*
7. ▲ ['daınər] ; ne pas confondre avec dinner ['dınə(r)] : *le dîner ;* **diner** signifie également *le convive.*

Les fards provoqués par l'examen distrait de quelques-uns des passagers alors qu'elle était entrée dans le wagon étaient étranges à voir sur ce visage quelconque de prolétaire aux traits placides, sans expression presque.

Ils étaient à l'évidence très heureux. « Tu as jamais été dans une voiture-salon ? » demanda-t-il avec un sourire plein de bonheur.

« Non », répondit-elle, « jamais. C'est bien, hein ? »

« Formidable. Et puis, dans un moment, nous irons devant, au wagon-restaurant, pour faire un festin ; le meilleur repas du monde. Ça coûte un dollar. »

« Oh, vraiment ? » s'exclama la nouvelle mariée. « Ça coûte un dollar ? Mais, c'est trop — pour nous — hein, Jack ? »

« Pas durant ce voyage, en tous les cas », répondit-il vaillamment. « On ne se refusera rien. »

Plus tard, il lui donna des explications sur le train. « Tu vois, il y a mille miles d'un bout à l'autre du Texas et le train le traverse en entier en ne s'arrêtant que quatre fois. »

Il ressentait la fierté d'un propriétaire. Il lui montra du doigt les garnitures éblouissantes du wagon et, en vérité, ses yeux s'ouvrirent plus grand comme elle contemplait le velours broché vert océan, le cuivre, l'argent et le verre brillants et le bois qui luisait d'un éclat sombre comme la surface d'une mare de pétrole. A l'une des extrémités une statue de bronze massive soutenait le socle d'une cloison, et aux endroits appropriés du plafond il y avait des fresques de couleur olive et argent.

---

8. **lay-out :** *la disposition* (d'un bureau, d'un magasin, d'une page de journal) ; ici : *les plats* qui sont disposés devant les convives.
9. **to charge :** *demander de payer, mettre sur le compte.*
10. *« nous allons aller la chose entière ».*
11. *« ne s'arrête jamais si ce n'est/excepté... »*
12. *« avec des figures/des dessins ».*
13. **to gleam** est l'un des nombreux verbes qui veulent dire *briller ;* ici : *briller comme le verre, comme le métal ;* to **glow** : *briller avec une lumière rouge, chaude, rougeoyer ;* **to glisten** : *briller d'un lumière mouillée.*
14. *« soutenait fortement un support pour une chambre séparée ».*

To the minds of the pair[1], their surroundings reflected the glory of their marriage that morning in San Antonio. This was the environment of their new estate[2], and the man's face, in particular, beamed with an elation[3] that made him appear ridiculous to the Negro porter. This individual at times surveyed[4] them from afar with an amused and superior grin. On other occasions he bullied[5] them with skill in ways that did not make it exactly plain to them that they were being bullied. He subtly used all the manners of the most unconquerable[6] kind of snobbery. He oppressed them, but of this oppression they had small knowledge, and they speedily[7] forgot that unfrequently a number of travellers[8] covered them with stares[9] of derisive enjoyment. Historically there was supposed to be something infinitely[10] humorous in their situation.

« We are due[11] in Yellow Sky at 3:42[12]," he said, looking tenderly into her eyes.

« Oh, are we ? » she said, as if she had not been aware of it.

To evince[13] surprise at her husband's statement was part of her wifely amiability. She took from a pocket a little silver watch, and as she held it before her, and stared at it with a frown[14] of attention, the new husband's face shone.

"I bought it in San Anton' from a friend of mine," he told her gleefully[15].

---

1. syn. : couple.
2. syn. : state, condition ; signifie également : *le bien, le domaine ;* real estate : *l'immobilier.*
3. syn. : pleasure, joy ; to be elated : *être ravi, au comble de la joie.*
4. **to survey :** *regarder attentivement ;* aussi : *faire le relevé d'un plan* (de ville, de maison) ; **a survey :** *une enquête* (d'opinion).
5. du verbe **to bully :** *brimer qqn, faire le tyran ;* **a bully :** *une pers. qui aime bien embêter les plus faibles qu'elle.*
6. [ʌn'kɔŋkərəbl].
7. syn. : fast, rapidly.
8. écrit avec deux l ici ; il s'agit de l'usage anglais de Grande-Bretagne ; les Américains ont tendance à n'en

Dans l'esprit du couple, ce cadre reflétait la splendeur de leur mariage à San Antonio, ce matin-là. C'était l'environnement de leur nouvel état et le visage de l'homme en particulier rayonnait d'une joie qui le faisait paraître ridicule au porteur noir. De temps en temps, cet individu les toisait de loin avec un sourire amusé. A d'autres occasions il les rudoyait adroitement, d'une manière qui ne leur montrait pas à l'évidence qu'on les rudoyait. Il utilisait subtilement toutes les manières du plus incorrigible snobisme. Il les opprimait, mais ils ne se rendaient pas du tout compte de son oppression et ils oubliaient rapidement que de temps à autre un certain nombre de voyageurs les fixaient, les yeux remplis d'une gaieté moqueuse. Historiquement, il était censé y avoir quelque chose d'infiniment humoristique dans leur situation.

« Nous devons arriver à Yellow Sky à trois heures quarante-deux », dit-il, la regardant tendrement dans les yeux.

« Oh, vraiment ? » dit-elle, comme si elle ne l'avait pas su.

Manifester de la surprise aux propos de son mari faisait partie de sa gentillesse d'épouse. Elle sortit de sa poche une petite montre d'argent et, comme elle la tenait devant elle pour la regarder, les sourcils froncés par l'attention, le visage du nouveau mari rayonna.

« Je l'ai achetée à San Antonio à un de mes amis », lui dit-il joyeusement.

---

mettre qu'un comme pour tous les mots formés à partir de verbes en **-el** : **to model, modeling ; to label, labeling**...

9. de : **to stare**, l'un des nombreux verbes anglais pour *regarder*, ici : *fixement ;* **to glare** : *avec colère ;* **to gape** : *bouche bée*...

10. ['ɪnfɪnɪtlɪ].

11. **to be due (to arrive)** : voir aussi les expressions : **to fall due** (*arriver à échéance*) et **due to** (syn. : **because of, owing to**).

12. le contexte indique qu'il s'agit de l'après-midi ; les Américains n'utilisent pas le système de 24 heures comme les Français ; on dit : **Nine in the evening** pour *21 heures.*

13. syn. : **to show, to demonstrate.**

14. verbe **to frown at** : *regarder en fronçant les sourcils.*

15. syn. : **happily** ; de **glee** : **joy, happiness.**

"It's seventeen minutes past twelve," she said, looking up at him with a kind of shy and clumsy[1] coquetry.

A passenger, noting this play, grew excessively sardonic, and winked at himself in one of the numerous mirrors.

At last they went to the dining-car. Two rows[2] of Negro waiters in dazzling white suits[3] surveyed their entrance with the interest, and also the equanimity, of men who had been forewarned. The pair fell to the lot[4] of a waiter who happened to[5] feel pleasure in steering[6] them through their meal. He viewed them with the manner of a fatherly pilot, his countenance radiant with benevolence[7]. The patronage[8] entwined[9] with the ordinary deference was not palpable to them. And yet as they returned to their coach they showed in their faces a sense of escape.

To the left, miles down a long purple slope, was a little ribbon of mist, where moved the keening[10] Rio Grande. The train was approaching it at an angle[11], and the apex was Yellow Sky. Presently[12] it was apparent that as the distance from Yellow Sky grew shorter, the husband became commensurately[13] restless. His brick-red hands were more insistent in their prominence. Occasionally he was even rather absent-minded and far away when the bride leaned forward and addressed[14] him.

---

1. ['klʌmzɪ] ; syn. : **awkward** ; ≠ **clever, skillful.**

2. ⚠ deux prononciations : [rəu] pour *un rang, une rangée* et [rau] pour *une dispute ;* également **to row** [rəu] : *ramer.*

3. on trouve deux prononciations pour ce mot : [su:t] ou [sju:t] ; la première est plus américaine qu'anglaise ; ce mot signifie également : *le procès.*

4. noter l'expression : **to fall to the lot of** (*tomber à la charge de*) ; **this is my lot** : *c'est ma condition/mon sort.*

5. noter cet emploi de **to happen : We happen to like this music** (*Il se trouve que nous aimons cette musique*).

6. syn. : **to lead, to guide** ; dans une voiture : **the steering-wheel** : *le volant.*

7. ⚠ pour dire *bénévole,* utiliser **volunteer** : **volunteer-work** : *du travail bénévole.*

8. du verbe **to patronize** : *dire, montrer d'un air condescen-*

« Il est midi dix-sept », dit-elle en levant le regard vers lui avec une sorte de coquetterie timide et maladroite.

Un passager, remarquant ce jeu, devint extrêmement sardonique et se fit un clin d'œil dans l'un des nombreux miroirs.

Enfin ils allèrent au wagon-restaurant. Deux rangs de garçons noirs en costume d'un blanc éblouissant inspectèrent leur entrée avec l'intérêt et la sérénité d'hommes qui avaient été prévenus. Le couple tomba à la charge d'un garçon qui se trouva ressentir du plaisir à les guider dans leur repas, à la manière d'un pilote paternel, le visage rayonnant de bienveillance. La condescendance mêlée à la déférence ordinaire ne leur était pas sensible. Et pourtant, comme ils retournaient vers leur wagon, un air de soulagement se lisait sur leur visage.

Sur la gauche, à des miles de là, en bas d'une pente mauve, il y avait un petit ruban de brume, qui suivait le Rio Grande. Le train s'en approchait avec un angle dont le sommet était Yellow Sky. Il devint bientôt apparent qu'à mesure que la distance de Yellow Sky diminuait, la nervosité du mari augmentait. Ses mains d'un rouge brique ressortaient encore plus. Parfois, il était même plutôt absent et distant quand sa femme se penchait pour lui adresser la parole.

---

dant à qqn. ce qu'il doit faire ; ▲ *patronner, parrainer une rencontre sportive :* **to sponsor a sports event** ; *sous le patronage de :* **under the aegis** ['iːdʒɪs] **of.**

9. *« entrelacée » ;* syn. : **twisted together.**

10. *de biais, pointu, effilé :* le mot suggère que la rivière se rapproche ou qu'elle se découpe de plus en plus nettement.

11. autre traduction possible : *s'en rapprochait pour le rejoindre à Yellow Sky.*

12. ▲ peut vouloir dire **soon** ou **now, at the present time,** selon le contexte.

13. *à la mesure, proportionnel ;* dans les petites annonces : **salary commensurate with experience** : *le salaire sera en fonction de l'expérience.*

14. ▲ **address** avec deux d ; **to address someone** : *s'adresser à qqn.*

As a matter of truth, Jack Potter was beginning to find the shadow of a deed[1] weigh upon him like a leaden[2] slab. He, the town-marshal[3] of Yellow Sky, a man known, liked, and feared in his corner[4], a prominent person, had gone to San Antonio to meet a girl he believed he loved, and there, after the usual prayers, had actually induced her to marry him[5] without consulting Yellow Sky for any part of the transaction. He was now bringing his bride before an innocent and unsuspecting community.

Of course, people in Yellow Sky married as it pleased them in accordance[6] with a general custom, but such[7] was Potter's thought of his duty to his friends, or of their idea of his duty, or of an unspoken form which does not control men in these matters, that he felt he was heinous[8].

He had committed an extraordinary crime[9]. Face to face with this girl in San Antonio, and spurred[10] by his sharp impulse, he had gone headlong[11] over all the social hedges[12]. At San Antonio he was like a man hidden in the dark. A knife to sever[13] any friendly duty, any form[14], was easy to his hand in that remote[15] city. But the hour of Yellow Sky, the hour of daylight, was approaching.

He knew full[16] well that his marriage was an important thing to his town. It could only be exceeded by the burning of the new hotel. His friends would not forgive him.

---

1. (du verbe **to do**) : *une action, un acte, un document légal :* **a good deed** : *une bonne action ;* **a deed of property** : *un titre de propriété.*

2. ['ledn] (de **lead** : *le plomb*) ; ne pas confondre avec **to lead** [lɪːd] : *conduire, mener.*

3. le **town-marshal** est le chef de la police d'une ville ; dans les romans policiers américains, les **marshals** sont souvent des officiers de police de l'État fédéral.

4. il convient de sous-entendre : **his corner (of the world).**

5. **to marry someone :** *épouser qqn. ;* **to get married** : *se marier* et **to marry off one's daughter** : *donner sa fille en mariage.*

6. « *comme il leur plaisait en accord avec...* »

7. noter l'inversion du sujet après **such** (comme on le ferait en français) ; en anglais l'inversion n'est possible que dans

En vérité, Jack Potter commençait à sentir peser sur lui, comme une chape de plomb, l'ombre du forfait. Lui, le shérif de Yellow Sky, homme connu, aimé et craint dans son coin du monde, un personnage important, était allé à San Antonio pour rencontrer une fille qu'il croyait aimer et là, après les prières usuelles, l'avait réellement convaincue de l'épouser sans consulter Yellow Sky à aucune étape de la transaction. Il allait maintenant présenter sa femme à une communauté innocente qui ne se doutait de rien.

Bien sûr, les gens de Yellow Sky se mariaient comme ils l'entendaient suivant la coutume généralement acceptée, mais telle était l'idée que Potter se faisait de son devoir envers ses amis, ou l'idée qu'ils se faisaient de son devoir, ou d'un principe tacite qui ne contrôle pas les hommes dans ces affaires, qu'il se sentait odieux.

Il avait commis un crime extraordinaire. En face de cette fille à San Antonio, aiguillonné par sa vive impulsion, il avait foncé tête baissée par-dessus toutes les barrières des conventions sociales. A San Antonio, il était comme un homme caché dans le noir. Un couteau pour trancher tout devoir amical était à portée de sa main dans cette ville éloignée. Mais l'heure de Yellow Sky, l'heure de la lumière du jour, approchait.

Il savait très bien que son mariage était une chose importante pour sa ville. Il ne pouvait être surpassé en importance que par l'incendie du nouvel hôtel. Ses amis ne lui pardonneraient pas.

---

les questions, après des mots comme **such, hardly, never** et dans des expressions comme **said he** (*dit-il*) quand on rapporte les paroles de qqn.

8. ['heɪnəs] ; *« plein de haine »*.
9. ▲ **crime :** *un délit ; un crime* (de sang) : **a murder, a killing ; to commit a crime/a murder.**
10. *« éperonné » :* **to spur a horse.**
11. **headlong :** *« la tête en avant »*.
12. [hedʒ] : *la haie ;* différent de **edge** : *le bord, le côté ;* **the edge of a road,** mais **the bank of a river.**
13. ['sevə(r)] syn. : **to cut** ; du français *sevrer*.
14. **any form** (of friendly duty) : *« quelle qu'en soit la forme »*.
15. syn. : **far away, distant ; ≠ close, nearby.**
16. emploi un peu désuet de **full** pour **completely, very.**

Frequently he had reflected upon the advisability [1] of telling them by telegraph, but a new cowardice [2] had been upon him. He feared to do it. And now the train was hurrying him toward a scene of amazement [3], glee, reproach. He glanced out of the window at the line of haze [4] swinging slowly in toward the train.

Yellow Sky had a kind of brass band [5] which played painfully to the delight [6] of the populace [7]. He laughed without heart as he thought of it. If the citizens [8] could dream of his prospective arrival with his bride, they would parade the band at the station, and escort them, amid [9] cheers and laughing congratulations, to his adobe [10] home.

He resolved that he would use all the devices of speed and plainscraft in making the journey [11] from the station to his house. Once within that safe citadel, he could issue some sort of a vocal bulletin, and then not go among the citizens until they had time to wear off a little of their enthusiasm [12].

The bride looked anxiously at him. "What's worrying you, Jack ?"

He laughed again. "I'm not worrying, girl [13]. I'm only thinking of Yellow Sky."

She flushed in comprehension.

A sense of mutual guilt invaded their minds, and developed a finer tenderness. They looked at each other with eyes softly aglow. But Potter often laughed the same nervous laugh. The flush [14] upon the bride's face seemed quite permanent.

---

1. « *il avait réfléchi à l'opportunité de* » ; **advisability :** le fait qu'une chose soit conseillée ou pas ; verbe **to advise** (*conseiller*), mais **a piece of advice** (*un conseil*).
2. ['kauədıs].
3. (fort) *étonnement ;* **to be amazed** ; syn. : **to be stunned, surprised, dumb-founded, taken aback.**
4. syn. : **mist, fog** ; **haze** est une *brume* très légère, une brume de chaleur.
5. « *orchestre de cuivres* » = *une clique.*
6. *le ravissement ;* **I am delighted to see you** : *ravi de vous voir !*
7. ⚠ **populace** n'a pas obligatoirement un sens péjoratif .
8. d'habitude, *les citoyens* d'un pays ; ici le terme signifie : *les habitants* de sa ville.

Souvent il s'était demandé s'il ne valait pas mieux leur dire par le télégraphe, mais une lâcheté nouvelle s'était emparée de lui. Il avait peur de faire ainsi. Et maintenant le train l'emmenait à toute vitesse vers une scène de stupeur, de joie, de reproche. Par la fenêtre, il jeta un regard vers la ligne de brume qui se refermait lentement sur le train.

Yellow Sky avait une sorte de fanfare qui jouait péniblement pour le plus grand plaisir de la foule. Il rit sans conviction en y pensant. Si ses administrés pouvaient imaginer son arrivée proche avec sa femme, ils feraient défiler la fanfare devant la gare et les escorteraient jusqu'à sa maison d'adobe, parmi les acclamations, les rires et les félicitations.

Il décida qu'il ferait le trajet de la gare à chez lui le plus rapidement et le plus discrètement possible. Une fois à l'intérieur de cette citadelle sûre, il pourrait faire une sorte d'annonce verbale et ensuite ne plus paraître parmi ses administrés jusqu'à ce que leur enthousiasme retombe un peu.

Sa femme le regarda anxieusement. « Qu'est-ce qui t'inquiète, Jack ? »

Il rit à nouveau. « Je ne m'inquiète pas, ma belle. Je pense tout simplement à Yellow Sky. »

Elle rougit comme pour marquer qu'elle comprenait.

Un sentiment de culpabilité mutuelle envahit leur esprit et fit naître une tendresse plus délicate. Ils se regardèrent, les yeux rayonnants. Mais Potter rit souvent de son rire nerveux. Le fard sur le visage de la femme sembla tout à fait durable.

---

9. syn. : **in the middle of, among**.
10. [ə'dəubɪ] ; matériau à base d'argile et de paille dont on construit les maisons dans le sud-ouest des États-Unis et au Mexique : sorte de pisé.
11. *« qu'il utiliserait tous les moyens de vitesse et de simplicité pour faire le voyage » ;* **a device :** *un moyen, un système, un appareil ;* **plainscraft** de **plain** : *simple, sans recherche, sans façons.*
12. *« il pouvait faire paraître une sorte de bulletin oral et ensuite ne pas aller parmi ses citoyens jusqu'à ce qu'ils aient eu le temps d'user un peu de leur enthousiasme ».*
13. terme d'affection un peu moins « voyant » que **darling, sweetheart** ou **honey** (dans le Sud).
14. **to flush :** *rougir :* syn. : **to blush, to redden**.

The traitor [1] to the feelings of Yellow Sky narrowly watched the speeding landscape.

"We're nearly there," he said.

Presently [2] the porter came and announced the proximity of Potter's home. He held a brush in his hand, and, with all his airy [3] superiority gone, he brushed Potter's new clothes [4], as the latter slowly turned this way and that way. Potter fumbled [5] out a coin, and gave it to the porter as he had seen others do. It was a heavy and muscle-bound business [6], as that of a man shoeing [7] his first horse.

The porter took their bag, and, as the train began to slow, they moved forward to the hooded [8] platform of the car. Presently the two engines [9] and their long string [10] of coaches rushed into the station of Yellow Sky.

"They have to take water here," said Potter, from a constricted throat, and in mournful [11] cadence as one announcing death. Before the train stopped his eye had swept the length of the platform, and he was glad and astonished to see there was no one upon it but the station-agent, who, with a slightly hurried and anxious air, was walking toward the water-tanks [12].

When the train had halted, the porter alighted [13] first and placed in position a little temporary step.

"Come on, girl," said Potter, hoarsely [14].

As he helped her down, they each laughed on a false note. He took the bag from the Negro, and bade [15] his wife cling [16] to his arm.

---

1. *trahir :* to betray ; *la trahison :* betrayal.
2. voir note 12, page 83.
3. ['ɛərɪ] : *désinvolte, cavalier.*
4. **clothes** [kləuðz].
5. **to fumble :** *chercher à tâtons, farfouiller ;* syn. : to grope for.
6. *« une affaire liée par le muscle ».*
7. **to shoe :** *chausser :* to shoe a horse : *ferrer un cheval ;* a horse-shoe : *un fer à cheval.*
8. de **hood :** *une capote, un auvent* pour s'abriter des intempéries. Il s'agit de la plate-forme en plein air à chaque extrémité du wagon (ressemblant un peu à celle des autobus parisiens).

Celui qui trahissait les sentiments de Yellow Sky regarda attentivement le paysage qui défilait rapidement.

« Nous y sommes presque », dit-il.

Bientôt le porteur arriva et annonça qu'on s'approchait du domicile de Potter. Il tenait à la main une brosse et, tout air de supériorité évanoui, il se mit à brosser les habits neufs de Potter, comme ce dernier se tournait d'un côté et de l'autre. Potter sortit une pièce de sa poche et la donna au porteur comme il avait vu d'autres le faire. Ce fut fait lourdement et en force comme par un homme qui ferrerait son premier cheval.

Le porteur saisit leur bagage et, comme le train commençait à ralentir, ils se dirigèrent vers la plate-forme couverte à l'avant du wagon. Bientôt les deux locomotives et leur long chapelet de wagons entrèrent précipitamment dans la gare de Yellow Sky.

« Il faut qu'ils prennent de l'eau ici », dit Potter, la gorge serrée et sur un rythme funèbre, comme quelqu'un qui annoncerait un décès. Avant que le train ne s'arrête, il avait balayé du regard toute la longueur du quai ; il fut heureux et surpris de voir qu'il n'y avait personne, sinon le chef de gare qui, l'air un peu pressé et inquiet, se dirigeait vers les citernes.

Quand le train fut arrêté, le porteur descendit le premier et mit en place une petite marche amovible.

« Viens, ma belle », dit Potter d'une voix rauque.

Comme il l'aidait à descendre, ils se mirent tous deux à rire sur un ton un peu faux. Il prit le sac des mains du Noir et pria sa femme de prendre son bras.

---

9. *locomotive* ou *moteur ;* ⚠ orthographe de **engineer.**
10. veut également dire : *ficelle, corde ;* **to string beads :** *enfiler des perles.*
11. **to mourn :** *être en deuil ;* **to mourn the death of someone ; a mourner :** *une personne en deuil.*
12. *« réservoir à eau ».*
13. **to alight (from) :** *descendre* (d'un véhicule), *mettre pied à terre ;* ≠ **to board (a plane, a train) :** *embarquer.*
14. *« d'une voix enrouée ».*
15. forme aujourd'hui rare du prétérit de to **bid (bid, bid)** ; syn. : to invite.
16. **to cling (clung, clung) :** *s'accrocher, s'agripper ;* syn. : to seize, to grab, to take hold of.

As they slunk[1] rapidly away, his hang-dog[2] glance perceived that they were unloading the two trunks, and also that the station-agent, far ahead, near the baggage-car, had turned, and was running toward him, making gestures. He laughed, and groaned as he laughed, when he noted the first effect of his marital[3] bliss[4] upon Yellow Sky. He gripped[5] his wife's arm firmly to his side, and they fled. Behind them the porter stood chuckling[6] fatuously.

II

The California Express on the Southron[7] Railway was due at Yellow Sky in twenty-one minutes. There were six men at the bar of the Weary[8] Gentleman saloon. One was a drummer[9], who talked a great deal and rapidly ; three were Texans, who did not care to[10] talk at that time ; and two were Mexican sheepherders, who did not talk as a general practice in the Weary Gentleman saloon. The bar-keeper's dog lay on the board-walk that crossed in front of the door[11]. His head was on his paws[12], and he glanced drowsily[13] here and there with the constant vigilance of a dog that is kicked[14] on occasion. Across the sandy street were some vivid green grass plots, so wonderful in appearance amid the sands that burned near them in a blazing[15] sun, that they caused a doubt in the mind.

---

1. **to slink (slunk,** parfois **slank, slunk) :** *s'éclipser, partir en catimini, furtivement.*
2. *un minable, une personne méprisable :* **a hang-dog look :** *un air craintif, apeuré.*
3. « *matrimonial* » ; dans les questionnaires des administrations : **marital status** (*situation de famille*) ; **single** (*célibataire*), **married** ou **divorced.**
4. *félicité ;* noter le dicton : **ignorance is bliss** (*qui ne sait rien, ne doute de rien*), de façon ironique : « bienheureux les pauvres d'esprit… »
5. syn. : **to grab, to take hold.**
6. **to chuckle :** *rire pour soi-même, glousser ;* **a chuckle :** *un rire étouffé.*
7. ancienne orthographe, principalement britannique, de **southern.**

Comme ils s'éclipsaient rapidement, il constata d'un coup d'œil honteux qu'on déchargeait les deux malles et aussi que le chef de gare, loin devant, avait fait demi-tour et courait vers lui en faisant de grands gestes. Il rit dans un gémissement quand il se rendit compte du premier effet de son bonheur conjugal sur Yellow Sky. Il serra fermement le bras de sa femme contre lui et ils s'enfuirent. Derrière eux, le portier se tenait debout en riant sottement.

II

L'Express de Californie des Chemins de Fer du Sud était attendu à Yellow Sky dans vingt et une minutes. Il y avait six hommes au bar du saloon du *Gentleman Las*. L'un d'entre eux était un commis-voyageur qui parlait beaucoup et rapidement ; trois étaient texans et n'avaient guère envie de parler à ce moment-là ; les deux derniers étaient des bergers mexicains qui n'avaient pas pour habitude de parler dans le saloon du *Gentleman Las*. Le chien du barman était allongé sur le trottoir en planches devant la porte. Sa tête reposait sur ses pattes et il promenait çà et là son regard somnolent avec la vigilance constante d'un chien qui prend des coups de pied à l'occasion. De l'autre côté de la rue sableuse il y avait quelques parcelles d'herbe d'un vert vif, d'apparence si magnifique au milieu du sable brûlant près d'elles sous l'incendie du soleil que le doute s'insinuait dans l'esprit.

---

8. **weary** ['wɪərɪ] ; syn. : **tired.**
9. ⚠ peut être également *le batteur* d'un orchestre de jazz (**a drum** : *un tambour ;* **drums** : *la batterie*). Pour le sens de *représentant de commerce* on utiliserait maintenant **(sales) representative** ou **traveling salesman.**
10. « *qui ne se souciaient pas de* ».
11. « *un caillebotis qui traversait devant la porte* ».
12. [pɔːz]
13. **drowsily**, syn. : **sleepily, wearily** ; **to feel drowsy** : *avoir envie de dormir.*
14. ⚠ **to kick :** *donner un coup de pied ;* **to punch** : *donner un coup de poing ;* **to nudge, to elbow** : *donner un coup de coude...*
15. **a blaze** : *un incendie ;* **to blaze :** *flamber, flamboyer ;* **the house was ablaze** : *la maison était en flammes.*

They exactly resembled[1] the grassmats[2] used to represent lawns on the stage. At the cooler[3] end of the railway-station a man without a coat sat in a tilted chair and smoked his pipe. The fresh-cut[4] bank of the Rio Grande circled near the town, and there could be seen beyond it a great plum[5]-coloured plain of mesquit.

Save[6] for the busy drummer and his companions in the saloon[7], Yellow Sky was dozing. The newcomer leaned gracefully upon the bar, and recited[8] many tales with the confidence of a bard who has come upon a new field[9].

"And at the moment that[10] the old man fell downstairs, with the bureau[11] in his arms, the old woman was coming up with two scuttles[12] of coal, and, of course —"

The drummer's tale was interrupted by a young man who suddenly appeared in the open door. He cried —

"Scratchy Wilson's drunk, and has turned loose with both hands[13]."

The two Mexicans at once set down their glasses, and faded out[14] of the rear entrance of the saloon.

The drummer, innocent and jocular, answered —

"All right, old man. S'pose[15] he has. Come and have a drink, anyhow[16]."

But the information had made such an obvious cleft[17] in every skull in the room, that the drummer was obliged to see its importance. All had become instantly morose.

---

1. syn. : to look like.
2. **mat** : *une natte de paille, un tapis grossier* (**a door-mat** : *un paillasson*) ; *un tapis* (d'Orient) : **a carpet** ; *la moquette* : **wall-to-wall carpeting.**
3. voir note 16, page 15, sur l'utilisation du comparatif quand deux objets seulement sont comparés.
4. « *coupée nouvellement* » ou « *coupée nettement* ».
5. ⚠ **plum** est *la prune* sur l'arbre (**plum-tree**) ; le fruit séché : **prune**.
6. syn. : except for, but for.
7. [sə'lu:n] ; on trouve également **salon** ['sælɔn], comme dans **beauty-salon**.
8. syn. : to tell a story ; **to recite** indique que le commis-

Elles ressemblaient exactement aux tapis d'herbe utilisés pour représenter des pelouses sur scène. A l'extrémité la plus fraîche de la gare un homme sans veste était assis sur une chaise inclinée vers l'arrière et fumait la pipe. La rive nettement dessinée du Rio Grande tout proche contournait la ville et, au-delà, on pouvait voir une grande plaine couleur prune couverte de prosopis.

A part l'actif commis-voyageur et ses compagnons dans le saloon, Yellow Sky somnolait. Le nouveau venu s'appuya avec élégance contre le bar et raconta plusieurs histoires avec l'assurance d'un barde qui vient de découvrir une nouvelle veine d'inspiration.

« Et, au moment où le vieil homme tombait dans les escaliers, le bureau dans les bras, la vieille femme montait avec deux seaux de charbon et, bien entendu... »

L'histoire du commis-voyageur fut interrompue par un jeune homme qui fit soudain irruption dans l'ouverture de la porte. Il cria :

« Scratchy Wilson est saoul, il ne sait plus ce qu'il fait ! »

Les deux Mexicains posèrent immédiatement leur verre et disparurent par la porte de derrière du saloon.

Le commis-voyageur, innocent et jovial, répondit :

« D'accord, mon vieux, et alors ? Venez donc boire un coup. »

Mais la nouvelle avait à l'évidence créé un tel choc dans tous les crânes que le commis-voyageur fut bien obligé de constater son importance. Tous étaient devenus instantanément mornes.

---

voyageur « débite » des histoires maintes fois racontées.
9. *« un champ », « un domaine ».*
10. = **when.**
11. = **desk**, puisque de nos jours le terme **bureau** est réservé au sens de la pièce ou d'un service administratif : ex. : **Federal Bureau of Investigation** ; *le bureau* (pièce) : **office.**
12. uniquement pour le charbon ; *un seau à eau :* **a pail** [paɪl].
13. *« lâché des deux mains ».*
14. syn. : **to disappear.**
15. = **suppose** : *« suppose qu'il ait* (perdu la tête) ».
16. **anyhow :** *n'importe comment.*
17. *« avait fait une telle fente » ;* de **to cleave (cleft, cleft) :** *fendre* (du bois).

"Say," said he, mystified, "what is this ?"

His three companions made the introductory gesture of eloquent speech, but the young man at the door forestalled[1] them.

"It means, my friend," he answered, as he came into the saloon, "that for the next two hours this town won't be a health resort[2]."

The bar-keeper went to the door, and locked and barred[3] it. Reaching out of the window[4], he pulled in heavy wooden shutters and barred them. Immediately a solemn, chapel-like gloom[5] was upon the place. The drummer was looking from one to another.

"But say," he cried, "what is this, anyhow ? You don't mean there is going to be[6] a gun-fight ?"

"Don't know[7] whether they'll be a fight or not," answered one man grimly. "But there'll be some shootin' — some good shootin'[8]."

The young man who had warned them waved his hand. "Oh, there'll be a fight, fast enough, if any one wants it. Anybody can get a fight out there in the street. There's a fight just waiting."

The drummer seemed to be swayed[9] between the interest[10] of a foreigner, and a perception of personal danger.

"What did you say his name was[11] ?" he asked.

"Scratchy Wilson," they answered in chorus.

"And will he kill anybody ? What are you going to do ? Does this happen often ?

---

1. **to forestall** [fɔ:(r)'stɔ:l] : *devancer, anticiper, couper l'herbe sous le pied.*
2. **a health resort :** *« une station de santé » ;* a ski resort : *station de sports d'hiver ;* a seaside resort : *une station balnéaire ;* a spa : *station thermale.*
3. ⚠ **to bar (barred, barred)** [ba:(r), ba:rd] ; ne pas confondre la prononciation avec to **bare (bared, bared)** [bɛə(r), bɛərd] : dénuder.
4. *« tendant la main vers la fenêtre ».*
5. *« obscurité semblable à celle d'une chapelle » ;* **gloom**, syn. : darkness ; to look gloomy : *avoir l'air sombre, maussade.* Noter l'emploi de -like après un mot (ex. : child-like, business-like).
6. *« vous ne voulez pas dire qu'il va y avoir... »*
7. sous-entendu : **(I) don't know.**

« Dites donc », dit-il, mystifié, « qu'est-ce qui se passe ? »

Ses trois compagnons firent le geste qui prélude à un discours éloquent, mais le jeune homme à la porte les devança.

« Ça veut dire, mon ami », répondit-il en rentrant dans le saloon, « que durant les deux prochaines heures cette ville ne sera pas de tout repos. »

Le barman alla à la porte, la ferma et la barricada. En se penchant par la fenêtre, il tira de lourds volets de bois et les barricada. Immédiatement une obscurité solennelle qui faisait penser à une chapelle tomba sur les lieux. Le commis-voyageur regardait de l'un à l'autre.

« Mais, dites donc », cria-t-il, « qu'est-ce qui se passe, hein ? Il ne va quand même pas y avoir une bagarre au revolver ? »

« Je ne sais pas s'il y aura une bagarre ou pas », répondit sinistrement l'un des hommes. « Mais pour tirer, ça va tirer. »

Le jeune homme qui les avait prévenus fit un signe de la main. « Oh, il y aura une bagarre, assez vite, si quelqu'un le veut. N'importe qui peut se bagarrer dehors dans la rue. Il y a une bagarre là, qui attend. »

Le commis-voyageur sembla balancer entre la curiosité de l'étranger et le sentiment d'un danger personnel.

« Vous voulez bien me redire son nom ? » demanda-t-il.

« Scratchy Wilson », répondirent-ils en chœur.

« Et il va tuer quelqu'un ? Qu'allez-vous faire ? Ça arrive souvent ?

---

8. *« il y aura du tir, du bon tir » ;* **to shoot a gun** : *tirer un coup de fusil.*
9. *« être balancé » ;* **to sway** : *se balancer* comme les arbres dans le vent ; pour une personne, le verbe veut dire : *hésiter,* ou encore : *influencer qqn.. ;* ex. : **We were all swayed by his arguments.**
10. il faut comprendre qu'il ne s'agit pas de son intérêt personnel, mais de l'intérêt qu'il porte à ce qui se passe autour de lui.
11. *« qu'avez-vous dit que son nom était ? » ;* expression à rapprocher de : **where did you say you are from ?** (voir page 40) ; façon commune de demander à un interlocuteur de répéter ce qu'il vient de dire et que vous n'avez pas compris ou entendu.

Does he rampage[1] round like this once a week or so ? Can he break in that door ?"

"No, he can't break down that door," replied the bar-keeper. "He's tried it three times. But when he comes you'd better lay down[2] on the floor, stranger[3]. He's dead sure[4] to shoot at it, and a bullet may come through."

Thereafter the drummer kept a strict[5] eye on the door. The time had not yet been called for him to hug[6] the floor, but as a minor precaution he sidled[7] near to the wall.

"Will he kill anybody ?" he said again.

The men laughed low and scornfully at the question.

"He's out to shoot[8], and he's out for trouble. Don't see any good in experimentin' with him."

"But what do you do in a case like this ? What do you do ?"

A man responded — "Why[9], he and Jack Potter —"

But, in chorus, the other men interrupted — "Jack Potter's in San Anton'[10]."

"Well, who is he ? What's he got to do with it ?"

"Oh, he's the town-marshal. He goes out and fights Scratchy when he gets on one of these tears[11]."

"Whow[12] !" said the drummer, mopping his brow. "Nice job[13] he's got".

The voices had toned away to mere whisperings[14].

---

1. **to rampage** [ræm'peɪdʒ] ; **to be on the rampage** : *en avoir après tout le monde, se comporter comme un énergumène, comme un fou ;* on utilise surtout cette expression dans le domaine de la bourse pour dire que les porteurs d'actions se « déchaînent » (pour acheter ou vendre).
2. on attendrait : **you'd better lie down.** Les Américains eux-mêmes ont de la difficulté avec **to lie** et **to lay.**
3. *personne étrangère à la ville ; un étranger* (d'un pays étranger) : **a foreigner** ['fɔrɪnə(r)].
4. emploi de **dead** + un autre mot ; il signifie alors : *complètement, absolument ;* ex. : **he was dead serious. They were dead against the proposal** : *tout à fait contre la proposition.*
5. noter l'expression : **to keep a strict eye on.**
6. **to hug** (syn. : **to embrace**) : *prendre, serrer, dans ses bras.*

Est-ce qu'il se conduit comme ça, comme un fou, une fois par semaine à peu près ? Est-ce qu'il peut enfoncer la porte ? »

« Non, il ne peut pas défoncer cette porte », répondit le barman. « Il a essayé trois fois. Mais quand il arrivera, vous feriez mieux de vous étendre sur le plancher, monsieur. C'est absolument sûr qu'il va tirer dedans et il se pourrait qu'une balle traverse. »

Après cela, le commis-voyageur garda un œil circonspect sur la porte. Le temps n'était pas encore venu pour lui d'embrasser le plancher, mais par mesure de précaution mineure il se glissa près du mur.

« Est-ce qu'il va tuer quelqu'un ? » demanda-t-il à nouveau.

Les hommes répondirent par un rire bas et méprisant.

« Il cherche à tirer et il cherche des ennuis ; je ne vois pas l'avantage de faire des expériences avec lui. »

« Mais qu'est-ce que vous faites dans un cas comme ça ? Qu'est-ce que vous faites ? »

Un des hommes répondit : « Eh bien, lui et Jack Potter… »

Mais, en chœur, les autres hommes l'interrompirent : « Jack Potter est à San Antonio. »

« Eh bien, qui est-ce ? Qu'a-t-il à voir avec cela ? »

« Oh, c'est le shérif de la ville. Il sort et se bat avec Scratchy quand il pique une de ses rages. »

« Fichtre ! » dit le commis-voyageur en s'épongeant le front. « Il a un drôle de bon boulot. »

Les voix étaient tombées pour n'être plus que murmures.

---

7. **to sidle** [saɪdl].
8. *« il est dehors pour tirer ».*
9. ▲ **why** n'est pas ici l'interrogatif *pourquoi ?,* mais une interjection signifiant : *eh bien ! tiens ! voyons ! c'est vrai !*
10. la syllabe non accentuée disparaît : [sænæn'təʊn].
11. ici **tear** [tɛə(r)] vient du verbe **to tear (tore, torn)** : *déchirer ;* ne pas confondre avec **tear** ['tɪə(r)] : *la larme.*
12. **whow :** ou **wow** ! (interjection utilisée pour exprimer l'admiration ou l'étonnement) : *mince alors !*
13. la position du complément **nice job** devant le verbe met l'accent dessus : *« c'est un sacré boulot qu'il a là ».*
14. *« leurs voix avaient baissé d'un ton pour être de simples chuchotements ».*

The drummer wished to ask further[1] questions, which were born[2] of an increasing anxiety and bewilderment, but when he attempted them, the men merely[3] looked at him in irritation, and motioned him to remain silent. A tense waiting hush[4] was upon them. In the deep shadows of the room their eyes shone as they listened for[5] sounds from the street. One man made three gestures at the bar-keeper, and the latter[6], moving like a ghost, handed him a glass and a bottle. The man poured a full glass of whisky, and set down the bottle noiselessly. He gulped[7] the whisky in a swallow[8], and turned again toward the door in immovable silence. The drummer saw that the bar-keeper, without a sound, had taken a Winchester from beneath[9] the bar. Later, he saw this individual beckoning[10] to him, so he tip-toed across the room.

"You better come with me back of the bar."

"No thanks," said the drummer, perspiring. "I'd rather be where I can make a break[11] for the back-door."

Whereupon[12] the man of bottles made a kindly but peremptory gesture. The drummer obeyed it, and finding himself seated on a box, with his head below the level of the bar, balm was laid upon his soul[13] at sight of various zinc and copper fittings that bore a resemblance[14] to plate armour. The bar-keeper took a seat comfortably upon an adjacent box.

---

1. noter l'emploi de **further** dans le sens de *plus complet, supplémentaire ;* ex. : **for further details please call...** : *pour plus amples renseignements, veuillez appeler...*
2. différence entre **to be born** (du verbe **to bear, bore, born**) : *être né, naître* et **to be borne** (du verbe **to bear, bore, borne**) : *être porté ;* ex. : **the plane is now air-borne** : *l'avion est porté par l'air, l'avion a décollé, a quitté le sol.*
3. « *le regardèrent simplement* » *;* **mere** : *simple.*
4. [hʌʃ] ; syn. : **silence** ; **to hush someone** : *demander à qqn de se taire ;* **hush** : *chut !*
5. utilisation de **to listen for** et non pas de **listen to** ; le premier indique qu'on cherche à entendre s'il y a du bruit, le second qu'on écoute un bruit existant.
6. ['lætə(r)] ; ne pas confondre avec **later** ['leitə(r)] : *plus tard.* **The former... the latter** : *Le premier... le dernier/Celui-ci... celui-là.*

Le commis-voyageur voulut poser encore d'autres questions, nées d'une inquiétude et d'une confusion croissantes ; mais quand il essaya de les poser, les autres hommes se contentèrent de le regarder avec agacement et lui firent signe de se taire. Ils attendaient dans un silence tendu. Dans l'ombre profonde de la salle, leurs yeux luisaient comme ils cherchaient à entendre les bruits de la rue. L'un des hommes fit trois signes au barman et ce dernier, se mouvant comme un fantôme, lui donna un verre et une bouteille. L'homme se versa un plein verre de whisky et reposa la bouteille sans bruit. Il avala le whisky d'une seule gorgée et se retourna vers la porte dans un silence immuable. Le commis-voyageur vit que le barman avait pris, sans un bruit, une carabine Winchester de dessous le bar. Plus tard, il vit cet individu lui faire signe de venir, alors il traversa la salle sur la pointe des pieds.

« Vous feriez mieux de venir avec moi derrière le bar. »

« Non merci », dit le commis-voyageur tout suant. « Je préfère me trouver là où je peux filer par la porte de derrière. »

Là-dessus l'homme des bouteilles fit un geste aimable mais péremptoire. Le commis-voyageur obéit et, se trouvant assis sur une caisse, la tête sous le niveau du bar, il fut soulagé de voir les diverses garnitures de zinc et de cuivre qui ressemblaient un peu à du blindage. Le barman s'assit confortablement sur une caisse voisine.

---

7. **to gulp :** *avaler d'un coup.*
8. **to swallow :** *avaler ;* **a swallow** : *une gorgée ;* signifie également : *une hirondelle.*
9. [bɪ'nɪ:θ] ; syn. : **under, below.**
10. **to beckon** ['bekən] : *faire signe de la main de venir.*
11. **to make a break :** *se tirer, faire une échappée.*
12. *« ce sur quoi ».*
13. *« du baume fut posé sur son âme ».*
14. *« porter une ressemblance » ;* syn. : **to resemble, to look like.**

"You see," he whispered, "this here Scratchy Wilson is a wonder [1] with a gun [2] — a perfect wonder — and when he goes on the war-trail, we hunt our holes — naturally. He's about the last one of the old gang that used to hang out [3] along the river here. He's a terror when he's drunk. When he's sober [4] he's all right — kind of simple — wouldn't hurt a fly — nicest fellow in town. But when he's drunk — whoo !"

There were periods of stillness.

"I wish Jack Potter was [5] back from San Anton'," said the bar-keeper. "He shot [6] Wilson up once — in the leg — and he would sail in [7] and pull out the kinks [8] in this thing."

Presently they heard from a distance the sound of a shot, followed by three wild yells [9]. It instantly removed a bond [10] from the men in the darkened saloon. There was a shuffling of feet. They looked at each other.

"Here he comes," they said.

III

A man in a maroon [11]-coloured flannel shirt, which had been purchased for purposes of decoration, and made, principally, by some Jewish women on the east side [12] of New York, rounded a corner and walked into the middle of the main street of Yellow Sky. In either [13] hand the man held a long, heavy blue-black revolver.

---

1. *c'est une merveille ;* ne pas confondre to **wonder :** *s'émerveiller, se demander,* et **to wander :** *errer.*
2. **gun** peut être : *un fusil* ou *un revolver ;* a rifle : *une carabine ;* a shotgun : *un fusil de chasse ;* a revolver/a gun : *un revolver.*
3. **to hang out :** *traîner à ne rien faire ;* a hang-out : *le repaire d'une bande* (de criminels ou de copains).
4. **to be sober** ≠ to be drunk, intoxicated ; a drunkard : *un ivrogne ;* ⚠ *être sobre* (ne pas boire d'alcool) : to abstain (from drinking), not to touch alcohol.
5. La grammaire des livres préférerait : **I wish** + subj. (I wish Jack Potter **were** here).
6. **to shoot someone :** *tirer un coup de fusil sur qqn. et le*

« Vous voyez », murmura-t-il, » ce gars-là, Scratchy Wilson, il est formidable avec un revolver — parfaitement formidable — et quand il se met sur le sentier de la guerre, nous cherchons nos trous — naturellement. Il est à peu près le dernier d'une ancienne bande qui traînait par ici le long de la rivière. C'est une terreur quand il est saoul. Quand il est à jeun, ça va — un peu simple — il ne ferait pas de mal à une mouche — c'est le meilleur gars de la ville. Mais quand il a bu... attention ! »

Il y eut des silences.

« J'aimerais que Jack Potter soit revenu de San Antonio », dit le barman. « Il a touché Wilson une fois, à la jambe... et il s'amènerait et mettrait de l'ordre dans tout cela. »

Peu après, ils entendirent au loin un coup de feu suivi de trois cris sauvages. Cela délia instantanément les hommes dans le saloon obscur. Il y eut des traînements de pieds. Ils se regardèrent.

« Le voilà », dirent-ils.

III

Un homme vêtu d'une chemise de flanelle marron, qui avait été achetée pour faire beau et faite principalement par des femmes juives du quartier est de New York, déboucha d'un coin et marcha au milieu de la grand'rue de Yellow Sky. Dans chacune de ses mains l'homme portait un long et lourd revolver bleu-noir.

---

toucher (**he was shot-dead** : *il a été tué d'un coup de fusil*) ; **to shoot at someone** : *tirer un coup de fusil dans la direction de qqn* (**we were shot at** : *on nous a tiré dessus*).

7. *« entrer sous toutes voiles » ;* utilisation fréquente de termes de marine dans la langue de tous les jours, même à l'intérieur du pays.

8. *« tirerait les nœuds » ;* **kinks** : *les nœuds* dans les cheveux ; **kinky hair** : *les cheveux crépus.*

9. syn. : **to shout, to cry out.**

10. *« cela retira un lien ».*

11. syn. : **brown.**

12. quartier de la confection à New York à la fin du XIXe siècle, dominé par des immigrants juifs.

13. *« dans l'une et l'autre main » ;* **both** indiquerait qu'il tient le revolver à deux mains.

Often he yelled, and these cries rang [1] through a semblance of a deserted village, shrilly flying over the roofs in a volume that seemed to have no relation to the ordinary vocal strength of a man. It was as if the surrounding stillness formed the arch of a tomb over him. These cries of ferocious challenge rang against walls of silence. And his boots had red tops with gilded imprints [2], of the kind beloved in winter by little sledging [3] boys on the hillsides of New England.

The man's face flamed [4] in a rage begot [5] of whisky. His eyes, rolling and yet keen [6] for ambush, hunted the still door-ways [7] and windows. He walked with the creeping movement of the midnight cat. As it occurred [8] to him, he roared menacing [9] information. The long revolvers in his hands were as easy as straws [10] ; they were moved with an electric swiftness [11]. The little fingers of each hand played sometimes in a musician's way.

Plain [12] from the low collar of the shirt, the cords of his neck straightened and sank as passion moved him. The only sounds were his terrible invitations. The calm adobes [13] preserved their demeanour at the passing of this small thing in the middle of the street.

There was no offer of fight — no offer of fight. The man called to the sky. There were no attractions [14]. He bellowed [15] and fumed and swayed [16] his revolver here and everywhere.

---

1. **to ring (rang, rung) :** *sonner* (cloche) ; **to ring sbd up :** *appeler qqn. au téléphone.*
2. *« impressions ».*
3. **sledge** ou sled ou sleigh [sleɪ] : *le traîneau, la luge.*
4. syn. : glowed.
5. **to beget (begot, begotten) :** *produire* (des enfants), *produire.*
6. pour un regard **keen** veut dire : *aigu, perçant, pénétrant ;* en parlant d'une pers. ; **to be keen on sth :** *être amateur de, s'enthousiasmer pour.* **He is very keen on money** : *il aime l'argent.* Voir aussi note 10, page 83.
7. *l'entrée, la porte d'entrée.*
8. [ə'kɜ:(r)d] ; *« comme il lui arrivait » ;* **it occurred to me that :** *il m'est venu à l'esprit que/j'ai soudain réalisé que.*
9. syn. : **threatening ; a threat :** *une menace.*

Souvent il poussait un cri et ses cris résonnaient dans ce qui ressemblait à un village déserté ; aigus, ils volaient au-dessus des toits et leur volume semblait n'avoir aucune relation avec la force vocale ordinaire d'un homme. C'était comme si le silence environnant formait la voûte d'une tombe au-dessus de lui. Ces cris de défi sauvage résonnaient contre des murs de silence. Et ses bottes portaient des dessus rouges avec des surimpressions dorées, comme celles qu'affectionnent en hiver les petits garçons qui font de la luge sur les pentes de Nouvelle-Angleterre.

Le visage de l'homme était enflammé d'une fureur causée par le whisky. Ses yeux qui roulaient et pourtant restaient sur le qui-vive fouillaient les portes et les fenêtres silencieuses. Il marchait avec le mouvement rampant d'un chat en pleine nuit. Quand l'envie lui en venait, il rugissait des menaces. Les longs revolvers étaient comme des fétus de paille dans ses mains ; il les bougeait avec une rapidité électrique. Parfois, le petit doigt de chaque main jouait à la façon de celui d'un musicien.

Visibles au-dessus du col bas de sa chemise, les tendons de son cou se raidissaient et se relâchaient au rythme de sa colère. Les seuls sons étaient ses terribles invitations. Les maisons d'adobe gardaient leur air calme devant le passage de cette petite chose au milieu de la rue.

Il n'y eut aucune offre de combat — aucune. L'homme en appela au ciel. Il n'y eut aucune invitation. Il hurla, ragea et brandit son revolver dans toutes les directions.

---

10. « *faciles comme des pailles* ».
11. syn. : **speed** ; noter les adj. pour traduire *rapide :* **a fast car, a rapid increase, a speedy delivery, a quick mind.**
12. (syn. : **evident**) : *évident, qui saute aux yeux ;* aussi : *simple, sans recherche ;* ex. : **a plain dress :** *une robe toute simple.*
13. désigne les maisons construites avec ce matériau ; voir note 10 page 87.
14. = le fait de l'attirer pour se battre.
15. syn. : **to roar.**
16. **to sway :** *balancer ;* voir aussi note 9, page 95.

The dog of the bar-keeper of the Weary Gentleman saloon had not appreciated [1] the advance of events. He yet [2] lay dozing in front of his master's door. At sight of the dog, the man paused and raised his revolver humorously. At sight of the man, the dog sprang up and walked diagonally away, with a sullen head and growling. The man yelled, and the dog broke into a gallop [3]. As it was about to enter an alley [4], there was a loud noise, a whistling, and something spat [5] the ground directly before it. The dog screamed, and, wheeling [6] in terror, galloped headlong in a new direction. Again there was a noise, a whistling, and sand was kicked viciously before it. Fear-stricken [7], the dog turned and flurried like an animal in a pen. The man stood laughing, his weapons at his hips.

Ultimately the man was attracted by the closed door of the Weary Gentleman saloon. He went to it, hammering [8] with a revolver, demanded [9] drink.

The door remaining imperturbable, he picked a bit of paper from the walk, and nailed it to the framework with a knife. He then turned his back contemptuously upon this popular resort [10], and, walking to the opposite side of the street and spinning [11] there on his heel quickly and lithely, fired at the bit of paper. He missed it by a half-inch. He swore at himself, and went away. Later, he comfortably fusiladed [12] the windows of his most intimate friend. The man was playing with this town. It was a toy for him.

---

1. **to appreciate :** noter le sens de : *mesurer, se rendre compte, juger à sa juste valeur ;* également : *prendre de la valeur* (**the French franc has appreciated against the dollar**) et : *apprécier* (**they appreciate French wines**).
2. usuellement, **yet** s'utilise dans les phrases négatives (**he is not here yet**) ; alors que dans les phrases affirmatives on devrait utiliser **still** (**she is still abroad**).
3. noter l'expression : **to break into a gallop/a trot**.
4. ce mot désigne souvent une rue secondaire, une ruelle qui passe derrière les maisons ; voir aussi note 1, page 58.
5. **to spit (spat, spitten) :** *cracher, s'aplatir sur le sol* (comme un crachat) ; ne pas confondre avec **to spit** (régulier) : *embrocher.*
6. « *tourner sur soi-même* » (comme une roue).

Le chien du barman du *Gentleman Las* ne s'était pas rendu compte de la marche des événements. Il était encore couché, endormi, devant la porte de son maître. À la vue du chien, l'homme s'arrêta et leva comiquement son revolver. À la vue de l'homme, le chien bondit sur ses pattes et s'enfuit de biais, en grognant, l'air triste. L'homme poussa un cri et le chien se mit à galoper. Comme il était sur le point d'entrer dans une ruelle, il y eut un bruit retentissant, un sifflement et quelque chose frappa le sol juste devant lui. Le chien hurla de terreur et, pivotant, se mit à galoper tête baissée dans une autre direction. À nouveau, il y eut un bruit, un sifflement et le sable fut soulevé rageusement devant lui. Terrorisé, le chien tourna et s'agita comme un animal en cage. Tout en riant, l'homme resta immobile, ses revolvers au niveau de ses hanches.

Finalement, l'homme fut attiré par la porte fermée du saloon du *Gentleman Las*. Il s'en approcha et, frappant de l'un de ses revolvers, exigea à boire.

La porte resta imperturbablement fermée ; il ramassa un morceau de papier sur le trottoir et le cloua au bâti de la porte avec un couteau. Puis, méprisant, il tourna le dos à ce lieu populaire, traversa la rue et là, tournant sur ses talons rapidement et souplement, il tira sur le bout de papier. Il le manqua d'un demi-pouce. Il jura contre lui et partit. Plus tard il canarda tranquillement les fenêtres de son ami le plus intime. L'homme jouait avec sa ville ; elle était un jouet pour lui.

---

7. « *frappé de terreur* » ; p. p. du verbe **to strike (struck, struck**, ou plus rarement : **stricken)** ; on trouve cette forme plus rare dans les expressions comme : **panic-stricken, horror-stricken**...
8. « *martéler* », « *frapper avec un marteau* ».
9. ⚠ **to demand** est très fort ; **a demand** : *une exigence ; demander* se dit : **to ask for** en général et, par exemple, **to inquire about sth** : *demander un renseignement ;* **to claim for a raise** : *demander une augmentation de salaire*.
10. **resort** veut ici dire : *un lieu de rendez-vous ;* voir note 2, page 94.
11. syn. : **to wheel** ; **to spin (spun, spun)** : *filer* (la laine), *tournoyer*.
12. ⚠ *fusiller qqn.* se traduirait par : **to lead someone in front of a firing-squad,** *mener qqn. devant un peloton d'exécution*.

But still there was no offer of fight. The name of Jack Potter, his ancient[1] antagonist, entered his mind, and he concluded that it would be a glad thing[2] if he should go to Potter's house, and, by bombardment, induce him to come out and fight. He moved in the direction of his desire, chanting[3] Apache[4] scalp music.

When he arrived at it, Potter's house presented the same still, calm front as had the other adobes. Taking up a strategic position; the man howled[5] a challenge. But this house regarded him as might a great stone god[6]. It gave no sign. After a decent wait, the man howled further challenges, mingling[7] with them wonderful epithets.

Presently[8] there came the spectacle of a man churning[9] himself into deepest rage over the immobility of a house. He fumed[10] at it as the winter wind attacks a prairie[11] cabin[12] in the north. To the distance there should have gone[13] the sound of a tumult like the fighting of two hundred Mexicans. As necessity bade him[14], he paused for breath or to reload[15] his revolvers.

Potter and his bride walked sheepishly[16] and with speed. Sometimes they laughed together shamefacedly[17] and low.

"Next corner, dear," he said finally.

They put forth[18] the efforts of a pair walking bowed[19] against a strong wind.

---

1. syn. : **old** ; *des meubles anciens :* **antiques;** *mon ancien patron :* **my former boss.**
2. « *une chose heureuse* ».
3. *chanter* de façon monotone, comme on chanterait une hymne.
4. [ə'pætʃɪ].
5. ['hauld].
6. « *comme pourrait un grand dieu de pierre* ».
7. syn. : **to mix.**
8. le mot est utilisé ici au sens de *bientôt ;* on le trouve également comme syn. de **now, at the present time.**
9. « *barattant* » ; **to churn (milk)** : *battre du lait pour faire du beurre.*
10. ['fju:md], *fulminer.*
11. la grande plaine qui s'étend du Mississippi aux monta-

Mais il n'y eut toujours pas d'offre de combat. Le nom de Jack Potter, son vieil adversaire, lui vint à l'esprit ; il conclut que ce serait drôle d'aller jusqu'à la maison de Potter et de l'inciter à sortir pour se battre en la canardant. Il se dirigea vers l'objet de son désir en chantant un air à scalper apache.

Quand il y arriva, la maison de Potter présentait la même façade silencieuse et tranquille que les autres maisons d'adobe. Prenant une position stratégique, l'homme hurla un défi. Mais cette maison le contemplait comme l'aurait fait un grand dieu de pierre. Elle ne donna aucun signe. Après une attente convenable, l'homme hurla d'autres défis, y mêlant d'admirables qualificatifs.

Il y eut bientôt le spectacle d'un homme qui se mettait dans la colère la plus noire à cause de l'immobilité d'une maison. Il ragea contre elle comme le vent d'hiver attaque une cabane de la grande plaine du nord. Au loin devait se répercuter un tumulte comme celui que provoquerait le combat de deux cents Mexicains. Quand le besoin s'en faisait sentir, il s'arrêtait pour reprendre haleine ou recharger ses revolvers.

Potter et sa femme, tout penauds, marchaient vite. Parfois, ils riaient ensemble, tout bas et d'une manière embarrassée.

« Au prochain coin, chérie », dit-il finalement.

Ils déployaient les efforts d'un couple marchant courbé contre un fort vent.

---

gnes Rocheuses ; couverte de hautes herbes, elle était parcourue par les bisons.

12. ▲ ce mot signifie rarement *une cabine,* sauf sur un bateau, mais *une cabane,* ou *une maison de bois* (**log-cabin** : *maison de rondins de bois*) ; *une cabine de téléphone :* **a telephone booth.**

13. *« il aurait dû y aller ».*

14. *« comme la nécessité l'invitait » ;* voir aussi la note 15, page 89.

15. de **to load** (*charger* une voiture, un fusil) ; **to unload** : *décharger ;* **a load** : *une charge.*

16. syn. : **shyly.**

17. *« à la figure honteuse ».*

18. *« mettre devant » = présenter.*

19. [bau] ; ▲ prononciation de **to bow** (*se courber*), mais **a bow** [bəu] **and arrows** (*un arc et des flèches*).

Potter was about to raise a finger to point[1] the first appearance of the new home, when, as they circled the corner[2], they came face to face with a man in a maroon-coloured shirt, who was feverishly pushing cartridges into a large revolver. Upon the instant the man dropped this revolver to the ground, and, like lightning, whipped[3] another from its holster[4]. The second weapon was aimed at the bridegroom's chest.

There was a silence. Potter's mouth seemed to be merely a grave for his tongue. He exhibited[5] an instinct to at once loosen[6] his arm from the woman's grip, and he dropped the bag to the sand. As for the bride, her face had gone[7] as yellow as old cloth. She was a slave to hideous rites, gazing at the apparitional snake.

The two men faced each other at a distance of three paces[8]. He of[9] the revolver smiled with a new and quiet ferocity. "Tried to sneak[10] up on me !" he said. "Tried to sneak up on me !" His eyes grew more baleful. As Potter made a slight movement, the man thrust his revolver venomously forward. "No ; don't you[11] do it, Jack Potter. Don't you move a finger towards a gun just yet[12]. Don't you move an eyelash. The time has come for me to settle[13] with you, and I'm going to do it my own way, and loaf[14] along with no interferin'. So if you don't want a gun bent on you, just mind[15] what I tell you."

---

1. **to point at :** *montrer du doigt, montrer un direction ;* to point out : *faire remarquer, mettre en évidence, attirer l'attention.*

2. voir une expression semblable page 100 : **to round a corner.**

3. *fouetter ;* le verbe décrit le mouvement rapide du bras pour dégainer.

4. *la gaine, l'étui d'une arme.*

5. syn. : **to show, to demonstrate, do display.**

6. ['lu:sn] ; ≠ **to tighten.**

7. = **her face had turned as yellow as old cloth.**

8. syn. : **steps** ; noter l'expression **to pace up and down :** *faire les cent pas.*

9. noter l'expression désuète **he of ;** on trouve parfois aussi : **he who (laughs now will cry tomorrow),** principalement dans des dictons et proverbes.

Potter était sur le point de lever un doigt pour montrer la première apparition du nouveau foyer, quand, à un détour, ils tombèrent face à face avec un homme en chemise marron qui introduisait fébrilement des cartouches dans un gros revolver. Sur l'instant, l'homme laissa tomber par terre ce revolver et, vif comme l'éclair, en dégaina un autre. La seconde arme visait la poitrine du nouveau marié.

Il y eut un silence. La bouche de Potter ne semblait être qu'une tombe pour sa langue. Il eut l'instinct de libérer tout de suite son bras de l'étreinte de la femme et lâcha le sac sur le sable. Quant à la mariée, son visage avait pris la couleur jaune du vieux linge. Elle était l'esclave de rites hideux, fixant l'apparition du serpent.

Les deux hommes se faisaient face à trois pas l'un de l'autre. Celui qui tenait le revolver sourit tranquillement avec une férocité nouvelle. « Tu essayais de me prendre en traître ! » dit-il. « Tu essayais de me prendre en traître ! » Son regard devint plus sinistre. Comme Potter faisait un léger mouvement, l'homme avanca méchamment son revolver. « Non, surtout pas, Jack Potter. Ne remue pas un doigt vers une arme maintenant. Ne bats pas un cil. Le temps est venu de régler mes comptes avec toi et je vais le faire à ma façon et prendre mon temps, sans qu'on m'en empêche. Donc, si tu ne veux pas qu'un revolver reste braqué sur toi, écoute bien ce que je te dis. »

---

10. *se glisser subrepticement ;* ce verbe donne : **sneakers,** *chaussures de toile à semelle de caoutchouc, tennis,* peut-être appelées ainsi du fait qu'elles permettent de se déplacer sans bruit ?

11. noter l'emploi de **you** devant l'impératif ; il vient renforcer l'ordre.

12. *« seulement maintenant » ;* ▲ **yet** est souvent utilisé dans la langue populaire au sens de *maintenant.*

13. **to settle a dispute/an account** : *régler une dispute/un compte ;* **a settlement** : *un règlement ; une colonie ;* noter également le sens de **to settle down** : *s'installer ;* **a settler** : *un colon.*

14. **to loaf :** *traîner, faire le paresseux ;* ex. : **On Sunday mornings, most people like to loaf around their house.**

15. **to mind :** *faire attention, se mêler, s'occuper ;* ex. : **mind my words !** : *fais attention à ce que je te dis ! ;* **mind your own business** : *mêlez-vous/occupez-vous de vos affaires.*

Potter looked at his enemy. "I ain't got a gun on me, Scratchy," he said. "Honest [1], I ain't." He was stiffening and steadying [2], but yet somehow at the back of his mind a vision of the Pullman floated — the sea-green figured velvet, the shining brass, silver, and glass, the wood that gleamed as darkly brilliant as the surface of a pool of oil — all the glory of their marriage, the environment of the new estate.

"You know I fight when it comes to [3] fighting, Scratchy Wilson, but I ain't got a gun on me. You'll have to do all the shootin' yourself [4]."

His enemy's face went livid. He stepped forward [5], and lashed [6] his weapon to and fro [7] before Potter's chest.

"Don't you tell me you ain't got no gun on you, you whelp [8]. Don't tell me no lie like that. There ain't a man in Texas ever seen you without no gun [9]. Don't take me for no kid [10]."

His eyes blazed with light and his throat worked [11] like a pump.

"I ain't takin' you for no kid," answered Potter. His heels had not moved an inch backward. "I'm takin' you for a — [12] fool. I tell you I ain't got a gun, and I ain't. If you're goin' to shoot me up [13], you'd better begin now. You'll never get a chance like this again."

So much enforced [14] reasoning had told on [15] Wilson's rage. He was calmer.

---

1. dans cette expression, **honest** est souvent suivi de **to God : honest to God !** Autres traductions possibles : *je t'assure, je ne te mens pas, promis.*
2. **to steady :** *affermir, assurer, immobiliser.*
3. noter l'expression **when it comes to** + forme en **-ing** : *quand il s'agit de.*
4. autre traduction : *tu seras tout seul pour te battre.*
5. syn. : moved forward, took a step forward, walked forward.
6. **to lash,** syn. : to whip : *fouetter.*
7. **to and fro ;** syn. : back and forth, here and there, up and down ; ex. : to walk up and down/to and fro : *faire les cent pas.* To and fro est un peu désuet.
8. à l'origine : *le petit d'un fauve, le chiot ;* **you** peut se traduire ici par : *espèce de.*
9. la phrase grammaticalement « correcte » serait : **there is no man in Texas who has ever seen you without a gun.**

Potter regarda son ennemi. « Je n'ai pas d'arme sur moi, Scratchy », dit-il. « Je te le jure, je n'en ai pas. » Il se raidissait et prenait de l'assurance ; pourtant quelque part dans son esprit flottait une image du wagon Pullman — le velours broché vert océan, le cuivre rutilant, l'argent, le verre, le bois qui luisait aussi sombrement que la surface d'une mare de pétrole — toute la splendeur de leur mariage, le cadre de leur nouvel état.

« Tu sais que je me bats quand il faut se battre, Scratchy Wilson, mais je ne porte pas d'arme. Il faudra que tu fasses toute la fusillade tout seul. »

Le visage de son ennemi devint livide. Il s'avança et fouetta son arme d'avant en arrière devant la poitrine de Potter.

« Ne me dis pas que tu ne portes pas d'arme, garnement. Ne me dis pas de mensonges comme ça. Il n'y a pas un homme dans tout le Texas qui t'a jamais vu sans arme. Ne me prends pas pour un gamin. »

Ses yeux lançaient des flammes et sa gorge faisait des mouvements comme une pompe.

« Je ne te prends pas pour un gamin », répondit Potter. Ses talons n'avaient pas reculé d'un pouce. « Je te prends pour un... imbécile. Je te dis que je n'ai pas d'arme et je n'en ai pas. Si tu veux me tirer dessus, tu ferais mieux de commencer tout de suite. Tu ne retrouveras jamais une chance comme celle-là. »

Tant de raisonnement assuré avait fait de l'effet sur la fureur de Wilson. Il était plus calme.

---

10. à l'origine : *un chevreau ;* aussi : *un enfant, un gamin ;* **to kid someone :** *plaisanter qqn., se moquer gentiment* (**I was only kidding you**) ; **to kid oneself :** *se bercer d'illusions.*

11. ⚠ **to work** signifie souvent *fonctionner, marcher ;* ex. : **it works !** *ça marche !*

12. le tiret peut remplacer le mot **damned** qu'il ne convient pas d'imprimer, ou marquer une pause.

13. ⚠ **to shoot sbd up :** *tirer sur qqn. ;* **to shoot sbd down :** *descendre qqn., le tuer.*

14. du verbe **to enforce :** *appliquer* (la loi) ; **this rule will be enforced as of January 1 :** *cette règle entrera en vigueur le 1er janvier.*

15. ⚠ **to tell** ne signifie pas *dire* ici mais *avoir un effet ;* ex. : **a telling-blow :** *un coup qui fait mal.*

"If you ain't got a gun, why ain't you got a gun ?" he sneered. "Been to Sunday School[1] ?"

"I ain't got a gun because I've just come from San Anton' with my wife. I'm married," said Potter. "And if I'd thought there was going to be any galoots[2] like you prowling around[3] when I brought my wife home, I'd had a gun[4], and don't you forget it."

"Married !" said Scratchy, not at all comprehending[5].

"Yes, married ! I'm married !" said Potter, distinctly.

"Married !" said Scratchy ; seeming for the first time he saw[6] the drooping drowning[7] woman at the other man's side. "No !" he said. He was like a creature allowed[8] a glimpse of another world. He moved a pace backward, and his arm with the revolver dropped to his side. "Is this — is this the lady[9] ?" he asked.

"Yes, this is the lady," answered Potter.

There was another period of silence.

"Well," said Wilson at last, slowly, "I s'pose it's all off[10] now ?"

"It's all off if you say so, Scratchy. You know I didn't make the trouble[11]."

Potter lifted his valise[12].

---

1. (have you) **been to Sunday school ? :** aux États-Unis, l'instruction religieuse et le catéchisme se font le dimanche matin avant l'office, plutôt que durant la semaine comme en France. Les adultes fréquentent ces « classes » où sont abordés des thèmes de réflexion religieux ou sociaux.

2. [gə'lu:ts] ; en fait : *une personne mal soignée, mal habillée.*

3. **to prowl around :** *rôder* en quête d'une proie comme le ferait un fauve. On trouve également le mot dans **a prowl car :** *voiture de police* qui fait des rondes à la recherche de délinquants potentiels.

4. la grammaire des livres indiquerait plutôt : **I would have had a gun.**

5. assez rare pour **to understand** ; autre traduction possible : *ne saisissant pas du tout.*

6. *« semblant pour la première fois il voyait » ;* l'anglais moderne dirait : **seeming to see the woman for the first time.**

« Si tu n'as pas d'arme, pourquoi est-ce que tu n'as pas d'arme ? » ricana-t-il. « Tu reviens de l'église ? »

« Je n'ai pas d'arme parce que je reviens tout juste de San Antonio avec ma femme. Je me suis marié », dit Potter. « Et si j'avais pensé qu'il allait y avoir des lourdauds comme toi pour rôder quand je ramènerais ma femme à la maison, j'aurais eu une arme ; ne l'oublie pas. »

« Marié ! » dit Scratchy, ne comprenant pas du tout.

« Oui, marié, je suis marié ! » dit clairement Potter.

« Marié ! » dit Scratchy ; pour ce qui semblait être la première fois, il vit aux côtés de l'autre homme la femme affaissée qui perdait pied. « Non ! » dit-il. Il était comme un être à qui il est donné de jeter un coup d'œil sur un autre monde. Il recula d'un pas et son bras armé retomba à son côté. « C'est... ta femme ? » demanda-t-il.

« Oui, c'est ma femme », répondit Potter.

Il y eut un autre silence.

« Bien », dit enfin Wilson lentement, « je suppose que tout cela est fini maintenant. »

« C'est fini si tu le dis, Scratchy. Tu sais que ce n'est pas moi qui ai commencé. »

Potter souleva son bagage.

---

7. **to drown :** *se noyer.*
8. *« à qui est donnée la permission » ;* **to allow,** syn. : **to permit, to enable.**
9. *« est-ce la dame ? »* Autre traduction possible : *c'est-elle ?*
10. **to be off :** *être annulé ;* ex. : **the meeting is off :** *la réunion est annulée ;* **the deal is off :** *l'affaire ne se fera pas.*
11. *« je n'ai pas fait les ennuis » ;* autre traduction possible : *je n'y suis pour rien.*
12. [və'lı:z] ; plutôt *portemanteau* que valise, c'est-à-dire un sac souple assez rond, en toile ; *une valise :* **a suitcase** ; *la valise diplomatique :* **the diplomatic pouch** [pautʃ].

"Well, I 'low[1] it's off, Jack," said Wilson. He was looking at the ground. "Married !" He was not a student of chivalry[2] ; it was merely that in the presence of this foreign condition he was a simple child of the earlier plains[3]. He picked up his starboard[4] revolver, and placing both weapons in their holsters, he went away. His feet made funnel-shaped tracks in the heavy sand.

---

1. = **I allow** ; la première syllabe, non accentuée, a tendance à être élidée ; **to allow** a le sens général de *donner la permission ;* il signifie également : *concéder.*
2. « *un étudiant de la chevalerie* ».
3. « *des plaines de plus tôt* ».
4. = *tribord ; bâbord* se dit : **port**. Noter l'emploi assez fréquent de termes de marine dans la langue courante ; il faut probablement attribuer cet usage au fait que la plupart des immigrants devaient passer par les États maritimes de l'est du pays et y séjourner avant de se lancer vers l'ouest (parfois sur des bateaux de rivière).

« Bon, j'admets que c'est terminé, Jack », dit Wilson. Il regardait par terre. « Marié ! » Il n'était pas versé dans la courtoisie, mais tout simplement, en présence de cette condition étrangère, il était redevenu un enfant des plaines de l'ancien temps. Il ramassa son revolver droit et partit en rengainant les deux armes. Ses pieds laissèrent des traces en forme d'entonnoir dans le sable lourd.

Révisions

Vous avez rencontré en lisant cette nouvelle les équivalents américains des expressions suivantes. Vous en souvenez-vous ?

1. Tu as déjà été dans une voiture-salon ?
2. Nous devons arriver à Yellow Sky à 3 heures 42.
3. Il ne va quand même pas y avoir de bagarre.
4. Vous voulez bien me redire votre nom.
5. Quand il viendra, vous feriez mieux de vous coucher.
6. Quand il est à jeun, il ne ferait pas de mal à une mouche.
7. Le temps est venu de régler mes comptes avec toi.
8. Fais bien attention à ce que je dis.
9. Personne ne t'a jamais vu sans revolver.
10. Je ne te prends pas pour un gamin, mais pour un crétin.
11. Tu es marié... c'est ta femme ?
12. Ça coûte un dollar.
13. Je l'ai achetée à un de mes amis.
14. Il n'était pas de la ville.
15. C'est un sacré boulot qu'il a là.

1. **Have you ever been in a parlour-car before ?**
2. **We are due in Yellow Sky at 3:42.**
3. **You don't mean there will be a fight.**
4. **What did you say your name was ?**
5. **When he comes you'd better hug the floor.**
6. **When he is sober he would not hurt a fly.**
7. **The time has come to settle with you.**
8. **Mind what I'm telling you.**
9. **Nobody has ever seen you without a gun.**
10. **I am not taking you for a kid, but for a fool.**
11. **You're married... Is this the lady ?**
12. **They charge a dollar.**
13. **I bought it from a friend of mine.**
14. **He was a stranger.**
15. **Nice job he's got.**

Mark TWAIN (1835-1910)

The Celebrated Jumping Frog of Calaveras County

La célèbre grenouille sauteuse du Comté de Calaveras

De son vrai nom, Samuel Langhorne Clemens, Mark Twain est le plus célèbre humoriste des États-Unis et l'auteur d'ouvrages autobiographiques, de romans et de carnets de voyage extrêmement populaires.

Les trente-six premières années de sa vie se passent à accumuler un grand nombre d'expériences qui serviront ultérieurement de base à ses œuvres : jeunesse à Hamilton sur le Mississippi, travail de pilote sur ce même fleuve, voyage dans l'Ouest comme prospecteur, puis journaliste pour différents journaux.

The Celebrated Jumping Frog of Calaveras County a été publiée en 1865, après des vacances dans le comté de Calaveras en Californie. Elle est l'exemple même des « tall tales » (histoires à dormir debout) dont les Américains de l'ouest sont si friands.

In compliance with[1] the request[2] of a friend of mine, who wrote me from the East, I called on[3] good-natured, garrulous old Simon Wheeler, and inquired[4] after my friend's friend, *Leonidas W.* Smiley, as requested to do, and I hereunto append the result[5]. I have a lurking[6] suspicion that *Leonidas W.* Smiley is a myth ; that my friend never knew such a personage ; and that he only conjectured that, if I asked old Wheeler about him, it would remind him of his infamous[7] *Jim* Smiley, and he would go to work and bore me nearly to death with some infernal reminiscence of him as long and tedious as it should be useless to me[8]. If that was the design[9], it certainly succeeded.

I found Simon Wheeler dozing comfortably by[10] the bar-room stove of the old, dilapidated tavern in the ancient mining camp of Angel's, and I noticed that he was fat[11] and bald[12]-headed, and had an expression of winning[13] gentleness and simplicity upon his tranquil countenance[14]. He roused up and gave me good-day. I told him a friend of mine had commissioned[15] me to make some inquiries about a cherished companion of his boyhood named *Leonidas W.* Smiley — *Rev*[16]. *Leonidas W.* Smiley — a young minister of the Gospel[17], who he had heard was at one time a resident of Angel's Camp. I added that, if Mr. Wheeler could tell me anything about this Rev. Leonidas W. Smiley, I would feel under many obligations to him[18]

---

1. de **to comply :** *respecter, se conformer à ;* to comply **with the law** : *respecter, appliquer la loi.*
2. du verbe **to request ;** syn. : to require.
3. noter to call sbd : *appeler qqn.* (de vive voix) ; to call up : *appeler au téléphone ;* **to call on someone :** *rendre visite à qqn.*
4. on trouve également l'orthographe : **to enquire ; an inquiry** : *une enquête.*
5. *« et je joins ici en appendice le résultat ».*
6. du verbe **to lurk :** *se cacher, se tapir.*
7. ▲ ce mot n'est pas le contraire de *fameux* ou *célèbre,* mais signifie *qui est célèbre pour des raisons négatives = de mauvaise réputation ;* syn. : **notorious.**
8. *« aussi longue et ennuyeuse qu'elle me serait inutile ».*

Conformément à la demande d'un de mes amis qui me fit parvenir une lettre de l'est du pays, je rendis visite au vieux Simon Wheeler, un brave homme doué d'une nature truculente, et m'enquis au sujet de l'ami de mon ami, Leonidas W. Smiley, comme on m'avait prié de le faire ; visite dont je vous livre ici le résultat. J'ai la vague impression que Leonidas W. Smiley est un mythe, que mon ami n'a jamais connu un tel personnage et qu'il n'a fait qu'imaginer que, si j'interrogeais le vieux Wheeler à son sujet, cela lui rappellerait l'abominable Jim Smiley qu'il avait connu ; ma question le mettrait en branle et il m'ennuierait presque à me faire mourir avec quelque infernal souvenir qu'il en avait gardé, sans me faire grâce du moindre détail, et dont je n'avais que faire. Si tel était son dessein, il avait à l'évidence été couronné de succès.

Je trouvai Simon Wheeler somnolant tranquillement près du poêle, dans le bar de la vieille taverne délabrée du vieux camp minier d'Angel's. Je remarquai qu'il était gros, chauve et que son air serein exprimait une douceur et une simplicité engageantes. Il s'éveilla et me souhaita le bonjour. Je lui dis que l'un de mes amis m'avait chargé de me renseigner au sujet d'un de ses chers amis d'enfance du nom de Leonidas W. Smiley — le Révérend Leonidas W. Smiley — jeune ministre du culte qui, à ce qu'on lui avait dit, vécut à une certaine époque à Angel's Camp. J'ajoutai que si M. Wheeler pouvait me fournir tout renseignement concernant ce Révérend Leonidas W. Smiley, je lui en serais fort obligé.

---

9. ▲ **design** traduit à la fois *le dessin* et *le dessein*.
10. syn. : **close to, near.**
11. ▲ **a fat man :** *un homme gros* (gras) ; **a big man** : *un homme grand et fort ;* **a great man** : *un grand homme.*
12. [bɔ:ld].
13. *« qui gagne* **(win)** *la sympathie ».*
14. voir note 2, page 78.
15. de **commission :** *une charge, un brevet* (d'officier) ; = *« m'avait chargé de la mission ».*
16. abréviation de **Reverend** ; ▲ l'adjectif français *révérend* (digne de vénération) se dirait **reverent.**
17. *« ministre de l'Évangile ».*
18. *« je me sentirais sous bien des obligations envers lui ».*

Simon Wheeler backed me into a corner and blockaded me there with his chair[1], and then sat[2] me down and reeled[3] off the monotonous narrative which follows this paragraph. He never smiled, he never frowned, he never changed his voice from the gentle-flowing key[4] to which he tuned[5] the initial sentence, he never betrayed the slightest suspicion of enthusiasm ; but all through the interminable narrative there ran a vein of impressive earnestness and sincerity[6], which showed me plainly that, so far from his imagining that there was anything ridiculous or funny about his story, he regarded it as a really important matter, and admired its two heroes as men of transcendent genius in finesse. To me, the spectacle of a man drifting serenely[7] along through such a queer yarn[8] without ever smiling, was exquisitely absurd. As I said before, I asked him to tell me what he knew of Rev. Leonidas W. Smiley, and he replied as follows. I let him go on in his own way[9], and never interrupted him once :

There was a feller[10] here once by the name of *Jim* Smiley, in the winter of '49 — or maybe it was the spring of '50 — I don't recollect[11] exactly, somehow, though what makes me think it was one or the other is because I remember the big flume[12] wasn't finished when he first came to the camp ; but anyway, he was the curiousest[13] man about always betting on anything that turned up you ever see[14], if he could get anybody to bet on the other side[15] ; and if he couldn't, he'd change sides[16].

---

1. *« fit un rempart de sa chaise pour me coincer ».*
2. noter l'utilisation transitive du verbe **to sit** ; il veut alors dire *faire asseoir qqn.*
3. **to reel :** *tourner, tournoyer ;* **a reel** : *une bobine ;* **a news-reel** : *un film sur les nouvelles du jour.*
4. « *la clé* (musique) *coulant doucement* ».
5. **to tune** (an instrument) : *accorder ;* **to tune in on a radio station** : *capter, se mettre sur une station de radio.*
6. *« à travers toute cette narration interminable coulait une veine de sérieux et de sincérité impressionnante ».*
7. *« sereinement ».*
8. **yarn :** *le fil* (pour tisser) ; d'où l'expression : **to spin a yarn** : *raconter une histoire qui n'en finit pas.*

Simon Wheeler me fit reculer dans un coin et m'y bloqua avec sa chaise ; il me fit asseoir et dévida le monotone récit qui suit ce paragraphe. Il ne sourit jamais, ne fronça jamais les sourcils, ne déplaça jamais sa voix du ton aimable, un peu traînant, sur lequel il avait réglé sa première phrase, ne trahit jamais le moindre soupçon d'enthousiasme ; mais tout son interminable récit était empreint d'un sérieux et d'une sincérité impressionnants qui me montrèrent clairement que, loin de s'imaginer qu'il y avait quoi que ce soit de ridicule ou de drôle dans son histoire, il la considérait comme un sujet vraiment important et admirait ses deux héros comme des hommes doués d'une finesse transcendante. Pour moi, le spectacle d'un homme qui suivait imperturbablement le fil d'une histoire si bizarre sans jamais sourire était excessivement absurde. Comme je l'ai dit plus haut, je lui demandai de me raconter ce qu'il savait au sujet du Révérend Leonidas W. Smiley et il répondit comme suit. Je le laissai aller à sa façon et ne l'interrompis pas une seule fois.

Il y avait ici autrefois un gars répondant au nom de Jim Smiley, durant l'hiver de 49 — ou peut-être était-ce le printemps 50 — je ne m'en souviens pas exactement, bien que ce qui me fait penser que c'était l'un ou l'autre est que je me souviens que la grande canalisation n'était pas terminée quand il est arrivé au camp ; mais en tout cas, c'était l'homme le plus étrange du coin, toujours à parier sur n'importe quoi, pourvu qu'il trouve quelqu'un pour parier contre lui ; et s'il ne trouvait personne, il pariait le contraire.

---

9. autre traduction possible : *comme il l'entendait.*
10. ['felə:r] ; forme populaire pour : **fellow.**
11. verbe utilisé dans la langue populaire pour : **to remember, to recall,** ce verbe donne **a recollection** : *un souvenir.*
12. longue auge de bois qui amenait l'eau de lavage du minerai de la montagne jusqu'à la mine.
13. l'usage populaire aime à former des superlatifs en **-est** même avec des adjectifs longs ; = **the most curious.**
14. *« sur n'importe quoi qui se présentait que vous avez jamais vu ».*
15. *« sur l'autre côté ».*
16. *« il changeait de côté » ;* dans cette expression, là où le français utilise un singulier (*changer de maison*), l'anglais utilise toujours un pluriel (**to change houses**).

Any way that suited the other man would suit him — any way just so's he got a bet, *he*[1] was satisfied. But still he was lucky, uncommon[2] lucky ; he most[3] always come out winner. He was always ready and laying for[4] a chance ; there couldn't be no solit'ry[5] thing mentioned but that feller'd offer[6] to bet on it, and take any side you please, as I was just telling you. If there was a horse race, you'd find him flush[7], or you'd find him busted at the end of it ; if there was a dog-fight, he'd bet on it ; if there was a cat-fight, he'd bet on it ; if there was a chicken-fight, he'd bet on it ; why[8], if there was[9] two birds setting on a fence, he would bet you which one would fly first ; or if there was a camp meeting[10], he would be there reg'lar[11], to bet on Parson Walker, which[12] he judged to be the best exhorter about here, and so he was, too, and a good man. If he even seen a straddlebug[13] start to go anywheres, he would bet you how long it would take him to get wherever he was going to, and if you took him up[14], he would foller[15] that straddlebug to Mexico but what he would find out[16] where he was bound for and how long he was on the road. Lots of the boys here has seen[17] that Smiley, and can tell you about him. Why, it never made no difference[18] to *him* — he would bet on *any*thing — the dangdest[19] feller. Parson Walker's wife laid very sick once, for a good while, and it seemed as it they warn't[20] going to save her ;

---

1. les lettres en italique indiquent qu'il faut insister sur **he :** *lui, il était satisfait.*
2. emploi populaire de l'adj., là où il faudrait un adv.
3. = **almost.**
4. « *être couché en attendant* ».
5. = **solitary.**
6. = **that fellow would offer.**
7. **flush :** *plein jusqu'au bord, au niveau de.*
8. **why !** ici interjection : *eh bien ! tenez !*
9. = **if there were two birds.**
10. **a camp meeting :** dans l'ouest des États-Unis, au temps de la colonisation, il n'y avait pas en général de pasteur en résidence ni souvent de bâtiment pour le culte dans les villes ou les camps miniers. Des pasteurs itinérants rassemblaient les fidèles en plein air pour chanter et prier.

Tout ce qui convenait à l'autre gars lui convenait, n'importe quoi pourvu qu'il tienne un pari, alors il était content. Mais aussi, il avait de la chance, une chance extraordinaire ; il gagnait presque à chaque coup. Il était toujours prêt, à l'affût d'une occasion. On ne pouvait absolument rien mentionner sans que ce gars-là propose de parier dessus, pour ou contre comme vous vouliez, ainsi que je viens de vous le dire. S'il y avait une course de chevaux, vous le trouviez bourré aux as ou au contraire complètement fauché à la fin ; s'il y avait un combat de chiens, il pariait dessus ; s'il y avait un combat de chats, il pariait dessus ; s'il y avait un combat de poulets, il pariait dessus. Tenez, si deux oiseaux se posaient sur une clôture, il vous lançait un pari pour savoir lequel s'envolerait le premier ; ou s'il y avait une réunion religieuse, il y allait à chaque fois pour parier sur le pasteur Walker qui était à son avis le meilleur prédicateur de la région, et c'est vrai qu'il l'était aussi, ainsi qu'un homme bon. Même, s'il voyait un carabe se mettre en route, il vous lançait un pari sur le temps qu'il mettrait à se rendre là où il allait et si vous releviez le pari, il suivait ce carabe jusqu'au Mexique tout simplement pour savoir où il allait et combien de temps il restait en route. Beaucoup de gars ici ont vu ce Smiley et peuvent vous en parler. Tenez, à lui, ça lui était toujours égal, il pariait sur n'importe quoi, ce sacré type. Une fois, la femme du pasteur Walker était au lit très malade, ça a duré pas mal de temps et on aurait dit qu'ils n'allaient pas la sauver ;

---

11. = **regularly.**
12. = **whom.**
13. sorte de scarabée à longues pattes ; **to straddle :** *chevaucher, se tenir les jambes écartées.*
14. noter **to take sbd up :** *défier, se mesurer à qqn, le prendre au mot.*
15. = **to follow.**
16. « *sauf* (pour) *quoi il trouverait* ».
17. = **have seen.**
18. emploi populaire du double négatif fréquent dans cette nouvelle ; = **it never made any difference.**
19. **dangdest = damndest = most damned** ; les pasteurs américains invitaient leurs ouailles à ne pas jurer et à remplacer les jurons au nom de Dieu par un son approchant.
20. = **were not.**

but one morning he come [1] in, and Smiley asked how she was, and he said she was considerable [2] better — thank the Lord for his inf'nit [3] mercy — and coming on so smart [4] that, with the blessing of Prov'dence [5], she'd get well yet [6] ; and Smiley, before he thought, says, "Well, I'll risk two-and-a-half that she don't [7], anyway."

Thish-yer [8] Smiley had a mare — the boys called her the fifteen-minute nag, but that was only in fun, you know, because, of course, she was faster than that — and he used to win money on that horse, for all she was so slow [9] and always had the asthma, or the distemper, or the consumption, or something of that kind. They used to give her two or three hundred yards start [10], and then pass her under way ; but always at the fag end [11] of the race she'd get excited and desperate-like [12], and come cavorting and straddling up, and scattering her legs around limber [13], sometimes in the air, and sometimes out to one side amongst the fences, and kicking up m-o-r-e [14] dust, and raising m-o-r-e racket [15] with her coughing and sneezing and blowing her nose — and always fetch up [16] at the stand just about a neck ahead, as near as you could cipher [17] it down.

And he had a little small [18] bull pup, that to look at him you'd think he wan't worth a cent, but to set around and look ornery, and lay for a chance to steal something. But as soon as money was up on him [19], he was a different dog ;

---

1. = **he came.**
2. = **considerably.**
3. = **infinite** ['ɪnfɪnɪt].
4. = **smartly** ; ici au sens peu commun de *rapidement ;* l'adj. **smart** signifie *intelligent, vif* (pour l'intelligence).
5. = **providence.**
6. ▲ **yet** est souvent utilisé dans la langue populaire au sens de *maintenant.*
7. = **that she won't (get well).**
8. [ðɪʃjə:r] = **this here,** rendu phonétiquement. Noter l'emploi populaire de **this here** et de **that there** pour marquer la proximité ou l'éloignement.
9. « *pour tout ce qu'elle était si lente* ».
10. = **a two-or-three-hundred-yard start,** selon la grammaire plus traditionnelle.

mais un matin le pasteur est entré et Smiley a demandé comment elle allait ; il a répondu qu'elle allait bien mieux — Dieu soit loué pour son infinie miséricorde — et se remettait si vite que, avec la bénédiction de la Providence, elle serait bientôt sur pied. Et Smiley, avant même de réfléchir, dit : « Eh bien, je vais risquer quand même deux dollars et demi que non. »

Ce gars-là, Smiley, avait une jument — les copains l'appelaient le bourrin-quinze-minutes, mais c'était seulement pour plaisanter, vous savez, parce que bien sûr elle allait plus vite que ça — et il gagnait de l'argent sur ce cheval, bien qu'elle soit si lente et qu'elle ait toujours de l'asthme ou la maladie ou la phtisie ou quelque chose comme ça. Ils lui donnaient toujours deux ou trois cents mètres d'avance et puis ils la doublaient en chemin ; mais toujours dans les tout derniers mètres de la course, elle commençait à s'exciter avec l'énergie du désespoir et elle se ramenait en piaffant et en lançant et en écartant ses jambes dans tous les sens, des fois en l'air, des fois sur le côté dans les clôtures et elle soulevait *plusse* de poussière et elle faisait *plusse* de vacarme avec ses toussements et ses éternuements et ses soufflements de nez — et toujours elle arrivait à la tribune avec à peu près une encolure d'avance, autant qu'on pouvait en juger.

Et il avait un tout petit bouledogue, qu'à le voir on aurait cru qu'il ne valait pas un clou, sauf pour rester là à ne rien faire que la décoration en attendant une chance de voler quelque chose. Mais dès qu'on misait de l'argent sur lui, c'était un autre chien ;

---

11. **the fag-end :** *le bout effiloché* d'une corde.
12. *« excitée et comme désespérée » ;* noter l'utilisation de **-like** après un adj. ou un nom ; le mot rend alors le sens de *un peu, en quelque sorte, plutôt.*
13. *« et venait piaffant et chevauchant et éparpillant ses pattes souplement ».*
14. les traits d'union indiquent que le narrateur insiste beaucoup sur le mot **more** et laisse traîner sa voix dessus.
15. **⚠ a racket** veut d'abord dire *un grand bruit.*
16. terme de marine : *arriver à bon port.*
17. = **decipher** : *déchiffrer.*
18. la redondance **little small** (le chien est vraiment petit) est encore renforcée par **pup :** *le chiot.*
19. *« que l'argent était sur lui ».*

his underjaw'd begin to stick out like the fo-castle [1] of a steamboat, and his teeth would uncover, and shine savage [2] like the furnaces. And a dog might tackle him, and bullyrag [3] him, and bite him, and throw him over his shoulder two or three times, and Andrew Jackson [4] — which was the name of the pup — Andrew Jackson would never let on but what *he* [5] was satisfied, and hadn't expected nothing else — and the bets being doubled and doubled on the other side all the time, till the money was all up [6] ; and then all of a sudden he would grab that other dog jest [7] by the j'int [8] of his hand [9] leg and freeze [10] to it — not chaw [11], you understand, but only jest grip and hang on till they throwed [12] up the sponge, if it was a year [13]. Smiley always come out winner on that pup, till he harnessed [14] a dog once that didn't have no hind legs, because they'd been sawed off by a circular saw, and when the thing had gone along far enough, and the money was all up, and he come [15] to make a snatch for his pet holt [16], he saw in a minute how he'd been imposed on [17], and how the other dog had him in the door, so to speak, and he 'peared [18] surprised, and then he looked sorter [19] discouraged-like, and didn't try no more to win the fight, and so he got shucked [20] out bad. He give Smiley a look, as much as to say his heart was broke [21], and it was *his* fault for putting up a dog that hadn't no hind legs for him to take holt of, which was his main dependence in a fight, and then he limped off a piece [22] and laid down and died.

---

1. = the fore-castle.
2. = savagely.
3. **to bullyrag**, syn. : **to bully** : voir note 5, page 80.
4. nom du septième Président des États-Unis (1829-1837), connu également pour sa bravoure militaire.
5. « *sauf que lui, il était satisfait* ».
6. « *jusqu'à ce que tout l'argent disponible dans la poche des participants soit sur la table* ».
7. = just. Ici prononcé [dʒest].
8. = joint [dʒɔɪnt]. Ici prononcé [dʒɪnt].
9. **hand** [hand] = **hind** [hajnd] ; syn. : **back, rear.**
10. **to freeze :** *geler, rester immobile, ne plus bouger.*
11. **chaw** [tʃɔ:] = **to chew** [tʃu:] : *mâcher.*
12. = threw ; **to throw (threw, thrown) :** la langue popu-

sa mâchoire du bas commençait à dépasser comme le gaillard-d'avant d'un vapeur, avec ses dents qui se découvraient et brillaient férocement comme les chaudières. Et un chien pouvait l'attaquer, le malmener, le mordre et le jeter deux ou trois fois par-dessus son épaule, et Andrew Jackson — c'était le nom du chien —, Andrew Jackson ne montrait rien d'autre que de la satisfaction, comme si c'était tout ce qu'il attendait — et les paris doublaient et doublaient encore sur l'autre chien jusqu'à ce que tout l'argent soit misé ; et alors tout d'un coup, il attrapait l'autre chien juste à l'articulation de la patte de derrière et ne desserrait plus les mâchoires — il ne donnait pas de coups de dents, vous comprenez, mais il serrait et s'accrochait, c'est tout, jusqu'à ce que les autres jettent l'éponge, même s'il fallait attendre une éternité. Smiley sortait toujours vainqueur avec son chien, jusqu'à ce qu'il tombe une fois sur un chien qui n'avait pas de pattes de derrière, parce qu'elles avaient été coupées par une scie circulaire, et quand l'affaire était bien engagée, que tout l'argent était misé, alors, quand il a voulu attraper sa prise préférée, il a vu tout de suite comment il s'était fait avoir et comment l'autre chien l'avait, pour ainsi dire, coincé — alors il a semblé comme surpris et découragé et il n'a plus essayé de gagner et alors il s'est pris une sacrée raclée. Il a regardé Smiley comme pour dire qu'il avait le cœur brisé et que c'était sa faute à lui parce qu'il l'avait opposé à un chien qui n'avait pas de pattes de derrière à attraper, alors que c'était là-dessus qu'il comptait le plus dans un combat, et puis il s'est éloigné un peu en clopinant, il s'est couché et il est mort.

---

laire a tendance à rendre régulier les verbes irréguliers, à utiliser les formes du présent pour exprimer le passé (voir note 15) ou à omettre le s de la 3ᵉ pers. du sing.

13. *« si c'était une année ».*
14. *« harnachait »,* veut dire ici : *mettre la main sur.*
15. = **he came.**
16. = **hold** ; **a hold** : *une prise.*
17. *« il avait été abusé* (trompé) *».*
18. **appeared** ; la 1re syllabe, non accentuée, disparaît.
19. = **sort of** ; *il semblait comme (un peu) surpris ;* **sorter** est encore renforcé par **like** (voir note 12, page 125).
20. **to shuck :** *égrener du maïs, battre.*
21. = **broken** ; **to be broke :** *être fauché, sans le sou.*
22. *« un petit morceau » ;* syn. : **a bit, a little.**

It was a good pup, was that Andrew Jackson, and would have made a name for hisself [1] if he'd lived, for the stuff was in him [2], and he had genius — I know it, because he hadn't had no opportunities to speak of, and it don't stand to reason that a dog could make such a fight as he could [3] under them [4] circumstances, if he hadn't no talent. It always makes me feel sorry when I think of that last fight of his'n [5], and the way it turned out.

Well, thish-yer Smiley had rat-tarriers [6], and chicken cocks, and tomcats, and all them kind of things, till you couldn't rest [7], and you couldn't fetch nothing for him to bet on but he'd match you [8]. He ketched [9] a frog one day, and took him home, and said he cal'klated [10] to edercate [11] him ; and so he never done nothing [12] for three months but set [13] in his back yard and learn [14] that frog to jump. And you bet you [15] he *did* learn him, too. He'd give him a little punch behind, and the next minute you'd see that frog whirling in the air like a doughnut [16] — see him turn one summerset [17], or maybe a couple, if he got a good start [18], and come down flatfooted and all right, like a cat. He got him up so in the matter of catching flies [19], and kept him in practice so constant, that he'd nail [20] a fly every time as far as he could see him. Smiley said all a frog wanted was education, and he could do most anything — and I believe him.

---

1. « *il aurait fait un nom pour lui-même* ».
2. « *la chose* (l'étoffe) *était en lui* ».
3. « *un tel combat comme il pouvait* ».
4. noter l'utilisation populaire de **them** pour **these**.
5. = **his** ; forme archaïque.
6. = **rat-terriers**.
7. « *jusqu'à ce que vous ne puissiez pas vous reposer* ».
8. **to match :** *entrer en compétition, relever un défi, concourir.*
9. [ketʃt] = **caught** ; **to catch (caught, caught)**. Voir note 12, page précédente.
10. = **calculated** ; **to calculate**, comme **to reckon, to figure out** et **to guess**, prend souvent le sens de *penser, se mettre dans la tête que.*
11. = **to educate.**
12. = **he never did anything...**
13. = **sat** ; ▲ confusion fréquente dans la langue populaire

C'était un bon chien, cet Andrew Jackson, et il serait devenu célèbre s'il avait vécu, parce qu'il avait ce qu'il faut dans le ventre et il était doué — je le sais, parce qu'il n'avait pas eu des occasions vraiment bonnes et il n'est pas évident qu'un chien puisse se défendre comme il l'a fait dans ces circonstances s'il n'était pas doué. Ça me rend toujours triste quand je pense à son dernier combat et à la façon dont il s'est terminé.

Eh bien, ce gars-là, Smiley, avait des chiens terriers et des coqs et des matous et toutes ces sortes de choses, à vous en faire perdre le sommeil, et vous pouviez lui ramener n'importe quoi pour parier dessus qu'à coup sûr il vous lançait un défi. Un jour, il a attrapé une grenouille et l'a ramenée à la maison ; il a dit qu'il comptait lui apprendre des choses ; alors, pendant trois mois, tout ce qu'il a fait c'est de rester chez lui dans la cour de derrière pour apprendre à sauter à cette grenouille. Et je vous prie de croire qu'il lui avait bel et bien appris des choses. Il lui donnait une petite pichenette derrière et l'instant d'après on voyait cette grenouille tourbillonner en l'air comme un pet-de-nonne — on la voyait faire un saut périlleux ou parfois deux, si elle avait pris un bon élan, et retomber bien à plat sur ses pattes, sans problème, comme un chat. Il l'a tellement entraînée et lui a fait faire tellement d'exercices dans l'art de gober les mouches qu'elle pouvait attraper une mouche à tous les coups d'aussi loin qu'elle la voyait. Smiley disait que tout ce dont une grenouille avait besoin c'était d'une éducation et alors elle pourrait faire presque n'importe quoi — et je crois qu'il dit vrai.

---

entre **to sit (sat, sat)** : *s'asseoir* et **to set (set, set)** : *poser.*

14. = **to teach** ; confusion fréquente chez les anglophones entre **to teach** : *enseigner* et **to learn** : *apprendre.*

15. *« vous pariez vous-même » ;* **you bet** est souvent utilisé pour exprimer l'acquiescement ; ex. : — **Are you hungry ? — You bet !** *(— As-tu faim ? — Tu parles !).*

16. **doughnut :** *beignet* en couronne, équivalant en popularité chez les Américains à nos croissants.

17. = **somersault** ['sʌməsɔ:lt]. Ici prononcé ['sʌməset].

18. *« un bon départ » ;* noter **to take a good start** : *prendre de l'élan.*

19. *« il lui a fait atteindre un tel niveau dans les affaires d'attraper les mouches ».*

20. **to nail :** *clouer* ou (populaire) *attraper vivement.*

Why, I've seen him set Dan'l Webster [1] down here on this floor — Dan'l Webster was the name of the frog — and sing out, "Flies, Dan'l, flies !" and quicker'n [2] you could wink, he'd spring straight up, and snake [3] a fly off'n [4] the counter there, and flop down on the floor again as solid as a gob of mud [5], and fall to scratching [6] the side of his head with his hind foot as indifferent as if he hadn't no idea he'd been doin' any more'n [7] any frog might do. You never see [8] a frog so modest and straightfor'ard [9] as he was, for all he was so gifted. And when it come to fair and square [10] jumping on a dead level [11], he could get over more ground at one straddle than any animal of his breed you ever see. Jumping on a dead level was his strong suit [12], you understand ; and when it come to that, Smiley would ante up money on him as long as he had a red [13]. Smiley was monstrous proud of his frog, and well he might be [14], for fellers that had traveled and been everywheres [15], all said he laid over any frog that ever *they* see.

Well, Smiley kept the beast in a little lattice [16] box, and he used to fetch him downtown sometimes and lay for a bet. One day a feller — a stranger in the camp, he was — come across him with his box, and says :

"What might it be that you've got in the box ?"

And Smiley says, sorter indifferent like, "It might be a parrot, or it might be a canary, maybe, but it an't [17] — it's only just a frog."

---

1. Daniel Webster (1782-1852), député, sénateur puis secrétaire d'État américain. Ne pas le confondre avec Noah Webster, l'auteur de l'équivalent américain de notre dictionnaire Larousse.
2. = **quicker than** ; **'n** peut être l'abréviation de **than** ou de **and** (**rock'n roll**).
3. **to snake :** *se tortiller* comme un serpent ; décrit la langue de la grenouille qui se déroule rapidement
4. = **off.**
5. « *aussi solide* (compact) *qu'une motte de boue* ».
6. « *tomber à se gratter* ».
7. = **more than.**
8. = **you never saw.**
9. = **straightforward** : *direct, sans détour* (en parlant d'une personne).

Tenez, je l'ai vu poser Daniel Webster sur ce plancher — Daniel Webster, c'était le nom de la grenouille — et crier : « Les mouches, Daniel, les mouches ! » et, plus vite que vous ne pouviez cligner les yeux, elle sautait à la verticale et, d'un coup de langue, attrapait une mouche sur le comptoir là-bas, puis retombait sur le plancher en s'écrasant à peine ; alors elle se mettait à se gratter le côté de la tête avec sa patte de derrière, aussi indifférente que si elle s'imaginait que toutes les grenouilles pouvaient en faire autant. Vous n'avez jamais vu une grenouille aussi modeste et naturelle, bien qu'elle ait été si douée. Et quand il s'agissait de sauter normalement à plat, je suis sûr que vous n'avez jamais vu aucun autre animal de sa race couvrir autant de terrain d'une seule enjambée. Le saut en longueur, c'était son fort, vous comprenez ; et quand on en venait à cela, Smiley misait sur elle jusqu'à son dernier sou. Smiley était énormément fier de sa grenouille et il avait bien raison car des gars qui avaient voyagé un peu partout, ils disaient tous qu'elle dépassait toutes les grenouilles qu'eux, ils avaient jamais vues.

Eh bien, Smiley enfermait la bête dans une petite boîte ajourée et il l'emmenait parfois avec lui en ville pour attendre un pari. Un jour un gars — il n'était pas du camp — le rencontre avec sa boîte et lui dit :

« Qu'est-ce que ça peut être que vous avez dans votre boîte ? »

Et Smiley lui répond, en feignant l'indifférence : « Ça pourrait être un perroquet ou ça pourrait être un serin, peut-être, mais ça n'est pas ça — c'est tout simplement une grenouille. »

---

10. *« juste et régulier » ;* ex. : **a fair and square share :** *une part équitable.*
11. *« sur un niveau plat » ;* **dead** signifie ici : *exactement à l'horizontale.*
12. *« sa couleur* (aux cartes) *forte » ;* **clubs** (*trèfle*), **spades** (*pique*), **hearts** (*cœur*) et **diamonds** (*carreau*).
13. *« tant qu'il avait un sou » ;* **a red cent :** *une pièce de monnaie de valeur insignifiante.*
14. *« et il pouvait bien l'être ».*
15. la langue populaire a tendance à ajouter un **s** à **anywhere(s), somewhere(s), nowhere(s).**
16. souvent suivi de **-work ; lattice-work :** *croisillon de baguettes de bois.*
17. = **isn't.**

And the feller took it, and looked at it careful, and turned it round this way and that [1], and says, "H'm— so 'tis [2]. Well, what's *he* good for [3] ?"

"Well," Smiley says, easy and careless, "he's good enough for *one* thing, I should judge [4] — he can outjump [5] ary [6] frog in Calaveras county."

The feller took the box again, and took another long, particular look, and give it back to Smiley, and says, very deliberate, "Well, I don't see no p'ints [7] about that frog that's any better'n any other frog."

"Maybe you don't," Smiley says. "Maybe you understand frogs, and maybe you don't understand 'em [8] ; maybe you've had experience, and maybe you an't [9] only a amature [10], as it were. Anyways, I've got *my* opinion, and I'll risk [11] forty dollars that he can outjump any frog in Calaveras county."

And the feller studied a minute, and then says, kinder [12] sad like, "Well, I'm only a stranger here, and I an't got no frog ; but if I had a frog, I'd bet you."

And then Smiley says, "That's all right — that's all right — if you'll [13] hold my box a minute, I'll go and get you a frog." And so the feller took the box, and put up his forty dollars along with Smiley's, and set [14] down to wait.

So he set there a good while thinking and thinking to hisself [15], and then he got the frog out and prized his mouth open and took a teaspoon and filled him full [16] of quail shot —

---

1. *« de ce côté-ci et de celui-là ».*
2. = **so it is** : *c'est comme ça, c'est ainsi.*
3. *« à quoi est-elle bonne ? »*
4. *« je devrais en juger » ;* d'où : *à mon humble avis.*
5. **to outjump :** *sauter plus loin que ;* noter l'utilisation de **out** devant un verbe pour marquer qu'on peut faire mieux que qqn. d'autre ; ex. : **to outwork** : *travailler plus fort ;* **to outrun** : *courir plus vite.*
6. = **any.**
7. = **points** ; *« je ne vois aucun aspect sur cette grenouille qui est mieux qu'une autre grenouille ».*
8. = **them.**
9. = **aint** = **are not** ; voir note 17, page 131, où **an't** est l'équivalent de **is not** ; voir également 6 lignes plus bas sur

Et le gars l'a prise pour la regarder attentivement ; il l'a retournée dans tous les sens, puis il a dit : « Hum, d'accord. Et alors, qu'est-ce qu'elle sait donc faire ? »

« Eh bien », dit Smiley d'un air détaché, « elle sait faire au moins une chose, à mon avis — elle peut sauter plus loin que n'importe quelle grenouille dans le Comté de Calaveras. »

Le gars a repris la boîte, a regardé une nouvelle fois intensément à l'intérieur et l'a rendue à Smiley en disant très posément : « Eh bien, je ne vois aucun détail dans cette grenouille qui la rend meilleure qu'une autre grenouille. »

« C'est bien possible », dit Smiley. « Peut-être que vous vous y connaissez en grenouilles ou peut-être que vous ne vous y connaissez pas ; peut-être que vous avez de l'expérience et peut-être que vous n'êtes pas qu'un amateur, en quelque sorte. De toute façon, mon opinion est faite et je suis prêt à parier quarante dollars qu'elle peut sauter plus loin que n'importe quelle grenouille du Comté de Calaveras. »

Et le gars a réfléchi une minute, puis il a dit d'un air un peu triste : « Vous savez, je ne suis pas du coin et je n'ai pas de grenouille ; mais si j'en avais une, je relèverais votre pari. »

Alors Smiley dit : « Pas de problème... pas de problème... si vous voulez bien tenir ma boîte une minute, je vais aller vous chercher une grenouille. » Alors le gars a pris la boîte ; il a misé ses quarante dollars à côté de ceux de Smiley et il s'est assis pour attendre.

Il est resté assis là un bon bout de temps en pensant et en repensant en lui-même ; puis il a sorti la grenouille et il l'a forcée à ouvrir la bouche et il a pris une petite cuiller et il l'a remplie à ras bord de grenaille de plomb —

---

cette page où il est l'équivalent de **have not**. Il s'agit d'un auxiliaire de la langue populaire vraiment passe-partout.

10. = **an amateur** ['æmətə] ; prononcé ici ['æmətjuər].

11. « *je veux bien risquer* ».

12. **kinder :** transcription phonétique de **kind of** ; voir note 19, page 127.

13. ⚠ **'ll** (will) ne marque pas le futur, mais garde ici son sens plein de *vouloir*.

14. = **sat down** ; voir note 13, page 128.

15. = **himself**.

16. « *le remplit plein de* ».

filled him pretty[1] near up to his chin — and set him on the floor. Smiley he went to the swamp and slopped around in the mud for a long time, and finally he ketched[2] a frog, and fetched[3] him in, and give him to this feller, and says :

"Now, if you're ready, set him alongside of Dan'l, with his fore-paws just even with Dan'l, and I'll give the word[4]." Then he says, "One—two—three—-jump !" and him[5] and the feller touched up the frogs from behind[6], and the new frog hopped off, but Dan'l give a heave[7], and hysted[8] up his shoulders — so — like a Frenchman[9], but it wan't no use — he couldn't budge ; he was planted as solid as an anvil, and he couldn't no more stir than if he was anchored out. Smiley was a good deal[10] surprised, and he was disgusted too, but he didn't have no idea what the matter was, of course.

The feller took the money and started away ; and when he was going out at the door, he sorter jerked his thumb over his shoulders — this way — at Dan'l, and says again, very deliberate, "Well, *I* don't see no p'ints about that frog that's any better'n any other frog."

Smiley he stood scratching his head and looking down at Dan'l a long time, and at last he says, "I do wonder what[11] in the nation[12] that frog throw'd off for — I wonder if there an't something the matter[13] with him — he 'pears[14] to look mighty baggy[15], somehow[16]."

---

1. **pretty** est ici un adverbe : *assez, plutôt : « il l'a remplie à peu près jusqu'à son menton »*.
2. = caught.
3. **to fetch ;** *aller chercher :* to go (and) fetch ; l'américain moderne préfère : **to go (and) get.**
4. « *je donnerai le mot* (pour faire partir les grenouilles) ».
5. on devrait avoir **he** au lieu de **him** puisqu'il s'agit du sujet de **touched up.**
6. « *touchèrent légèrement les grenouilles par-derrière* ».
7. du verbe **to heave :** *pousser fortement ;* noter : **Heave-ho !** : *Oh, hisse !*
8. prononcé ici ['haɪstɪd] = **hoisted** ['hɔɪstɪd] de **to hoist :** *hisser, soulever.*
9. **a Frenchman :** l'image du Français, cuisinier, coiffeur, galant et un peu efféminé avait déjà cours à cette époque

remplie jusqu'à la gueule — et il l'a remise par terre. Smiley, il est parti dans le marais et il a pataugé dans la boue un bon moment ; finalement il a attrapé une grenouille, il l'a rapportée et l'a donnée au gars en disant :

« Bon, si vous êtes prêt, mettez-la à côté de Daniel avec ses pattes de devant juste sur la même ligne que celles de Daniel et je donnerai le signal. » Alors il a dit : « Un, deux, trois, sautez ! » et lui et l'autre gars, ils ont donné une pichenette dans le derrière de leur grenouille et la nouvelle grenouille a sauté, mais Daniel a poussé tout ce qu'il savait, il a haussé les épaules — comme ça — comme un Français, mais ça ne servait à rien — il ne pouvait pas bouger ; il était planté là, aussi massif qu'une enclume et ne pouvait pas plus bouger que s'il était à l'ancre. Smiley était plutôt surpris et dégoûté aussi, mais bien entendu, il ne savait pas ce qui se passait.

Le gars a pris l'argent et il est parti ; en passant la porte, brusquement il a fait un signe par-dessus son épaule — comme ça — dans la direction de Daniel et il a répété très posément : « Eh bien, je ne vois pas en quoi cette grenouille est meilleure qu'une autre. »

Smiley, il est resté planté là en se grattant la tête et il a regardé Daniel un bon moment ; finalement il a dit : « Je me demande vraiment pourquoi donc cette grenouille s'est découragée — je me demande si elle n'est pas un peu bizarre — elle semble rudement ballonnée, à y regarder de plus près. »

---

dans cette partie du monde.

10. syn. : **much.**

11. **what...for** remplace souvent **why** ; ex. : **We don't know what he did that for.**

12. *« dans la nation » ;* altération de **in the world,** comme dans : **Who in the nation/ Who in the world/ Who on earth do you think you are ?** *(Pour qui donc vous prenez-vous ?) ;* même sens également pour : **Who the hell... ?**

13. noter l'expression : **There is something the matter with that frog** *(Cette grenouille a quelque chose qui ne va pas / qui cloche).* — **What's the matter with you ? — There is nothing the matter with me !** *(Qu'est-ce que tu as ? — Rien !).*

14. = **he appears.**

15. *« en forme de sac » ;* d'où : *gonflé, trop gros.*

16. *« d'une certaine façon ».*

And he ketched Dan'l by the nap [1] of the neck, and lifted him up and says, "Why, blame my cats [2], if he don't weigh five pound !" and turned him upside down [3], and he belched out a double handful of shot [4]. And then he see how it was, and he was the maddest [5] man — he set the frog down and took out after that feller, but he never ketched him. And —

[Here Simon Wheeler heard his name called from the front yard, and got up to see what was wanted.] And turning to me as he moved away, he said : "Just set where you are, stranger, and rest [6] easy — I an't going to be gone a second [7]."

But, by your leave [8], I did not think that a continuation of the history of the enterprising vagabond *Jim* Smiley would be likely to afford [9] me much information concerning the Rev. *Leonidas W.* Smiley, and so I started away.

At the door I met the sociable Wheeler returning, and he buttonholed [10] me and recommenced :

"Well, thish-yer Smiley had a yaller [11] one-eyed cow that didn't have no tail, only jest a short stump like a bannanner [12], and —"

"Oh ! hang Smiley [13] and his afflicted cow !" I muttered, good-naturedly, and bidding [14] the old gentleman good-day , I departed.

---

1. **nap :** *le poil* (archaïque).
2. *« que mes chats soient blâmés »*.
3. *« la tournait sens dessus dessous »* = *à l'envers ;* noter quelques-unes des expressions en anglais pour dire *à l'envers :* **She put her blouse the wrong side out / inside out** *(Elle a mis son chemisier à l'envers) ;* **Do the same thing, but in reverse now** *(Faites la même chose, mais à l'envers maintenant) ;* **He knows his alphabet forward and backward** *(Il sait l'alphabet à l'endroit et à l'envers).*
4. **shot :** *le plomb de chasse ;* **quail-shot** (bas de la page 132) : *le plomb pour tuer les cailles* ou *les perdreaux*.
5. **maddest :** mad signifie *fou,* mais aussi comme ici *fou furieux, furieux.* ⚠ *être fou* (malade) se dirait aussi **to be crazy, to be insane.**
6. *« restez tranquille » ;* **to rest :** *se reposer.*

Alors, il a attrapé Daniel par la peau du cou et il l'a soulevé en disant : « Eh bien, je veux bien être pendu si Daniel ne pèse pas cinq livres ! » et il lui a mis la tête en bas et Daniel a bien vomi deux poignées de grenaille. Il s'est rendu compte alors de ce qui s'était passé et il s'est mis dans une belle rogne — il a posé la grenouille et s'est mis à la poursuite de ce gars-là, mais il ne l'a jamais rattrapé. Et...

[A ce moment-là, Simon Wheeler entendit qu'on appelait son nom dans la cour de devant et se leva pour aller voir ce qu'on lui voulait.] Et se tournant vers moi tout en s'éloignant, il dit : « Restez assis où vous êtes, monsieur, et ne vous inquiétez pas, je ne serai pas parti plus d'une seconde. »

Mais, avec votre permission, je ne pensais pas que la suite de l'histoire de ce vagabond plein d'idées, *Jim* Smiley, avait quelque chance de me fournir beaucoup de renseignements au sujet du Révérend *Leonidas* Smiley, donc je quittai l'endroit.

A la porte, je rencontrai le fort amical Wheeler qui revenait ; il m'accrocha par le revers de mon habit et recommença :

« Eh bien, ce gars-là, Smiley, avait une vache borgne jaune qui n'avait pas de queue, seulement un court moignon, comme une banane et... »

« Oh, que Smiley et sa vache handicapée aillent se faire pendre ! » murmurai-je sur un ton aimable et, après avoir donné le bonjour à ce vieux monsieur, je partis.

---

7. *« je ne vais pas être parti une seconde ».*
8. *« par votre congé » ;* **to take leave** : *prendre congé ;* autre traduction possible de : **by your leave** : *sauf votre respect.*
9. **to afford** signifie ici *procurer, permettre.*
10. to **buttonhole (a button hole** : *une boutonnière*) : *accrocher quelqu'un par la boutonnière pour le retenir et lui parler.*
11. = **yellow.**
12. = **banana.**
13. *« pendez Smiley ».*
14. **to bid (bid, bid) someone good-day** (good-by) : *saluer quelqu'un, lui dire bonjour (au revoir).*

Révisions

Vous avez rencontré en lisant cette nouvelle les équivalents américains des expressions suivantes. Vous en souvenez-vous ?

1. Conformément à votre demande, je suis allé voir Wheeler.
2. Un de mes amis m'avait chargé de me renseigner au sujet de L.W. Smiley.
3. Il me fit reculer dans un coin.
4. Wheeler m'a débité cette histoire.
5. Je trouvais Wheeler somnolant près du poêle.
6. Ça lui était égal.
7. Ils lui donnaient toujours deux ou trois cents mètres d'avance.
8. Ce chien n'avait pas de patte arrière à attraper.
9. Son chien aurait pu devenir célèbre.
10. Ma grenouille peut sauter plus loin que n'importe quelle autre grenouille.
11. Tenez ma boîte, s'il vous plaît.
12. Je ne vois pas ce que cette grenouille a de spécial.
13. Ce gars-là pariait sur n'importe quoi.
14. Le saut en longueur était son fort.
15. Qu'est-ce qu'il sait faire ?

1. **In compliance with your request, I called on Wheeler.**
2. **A friend of mine had commissioned me to make some inquiries about L.W. Smiley.**
3. **He backed me into a corner.**
4. **Wheeler reeled off this story.**
5. **I found Wheeler dozing by the stove.**
6. **That didn't make any difference to him.**
7. **They always gave her 2 or 300 yard start.**
8. **That dog didn't have any hind legs to get hold of.**
9. **His dog could have made a name for himself.**
10. **My frog can outjump any other frog.**
11. **Will you hold my box.**
12. **I don't see any points about that frog that's any better than any other frog.**
13. **This fellow would bet on anything.**
14. **Jumping on a dead level was his strong suit.**
15. **What is he good for ?**

Francis Bret HARTE (1836-1902)

The Outcasts of Poker Flat

Les bannis de Poker Flat

Né à Albany, New York, Harte mène une vie un peu nomade avec sa famille. Adulte, il va en Californie et pendant un temps très court travaille dans un camp minier. Cette expérience lui inspire deux nouvelles, *The Luck of Roaring Camp* et *The Outcasts of Poker Flat,* qui lui valent une célébrité instantanée.
Il travaille ensuite pour *The Californian* et engage Mark Twain. Il obtient un contrat avec *The Atlantic Monthly,* célèbre revue du nord-est. En 1878, il devient consul des Etats-Unis en Allemagne, puis en Ecosse. Il se retire à Londres où il meurt.

As Mr John Oakhurst, gambler, stepped[1] into the main street of Poker Flat[2] on the morning of the twenty-third of November 1850, he was conscious of a change in its moral atmosphere since the preceding night. Two or three men, conversing earnestly together, ceased as he approached, and exchanged significant glances. There was a Sabbath lull[3] in the air, which, in a settlement unused to Sabbath influences, looked ominous[4].

Mr Oakhurst's calm, handsome face betrayed small concern of these indications. Whether he was conscious of any predisposing cause[5], was another question. "I reckon[6] they're after somebody," he reflected ; "likely[7] it's me." He returned to his pocket the handkerchief with which he had been whipping[8] away the red dust of Poker Flat from his neat boots[9], and quietly discharged his mind of any further conjecture.

In point of fact, Poker Flat was "after somebody". It had lately[10] suffered the loss of several thousand dollars, two valuable horses, and a prominent citizen. It was experiencing a spasm of virtuous reaction, quite as lawless[11] and ungovernable as any of the acts that had provoked it. A secret committee had determined to rid the town of all improper[12] persons.

---

1. de **to step :** *faire un pas ;* ex.: **Please, step right in !** *Rentrez, s'il vous plaît.*
2. **Poker Flat :** un *flat* est un endroit plat dans une vallée de montagne : *le Plat du Poker* (probablement du fait qu'on y jouait beaucoup à ce jeu).
3. noter l'emploi fréquent du mot **sabbath** pour *le jour du Seigneur ;* **a lull :** *une période de calme* durant une tempête ou dans une activité intense.
4. de **omen** : *un signe du ciel ;* le mot seul est neutre et il faut ajouter **good** ou **bad** pour dire *un bon signe* ou *un mauvais signe ;* cependant l'adjectif **ominous** porte une connotation négative.
5. *« une cause prédisposante ».*
6. **to reckon :** *calculer ;* souvent utilisé pour dire *penser, être de l'avis que.*
7. *« vraisemblablement ».*

En mettant le pied dans la grand'rue de Poker Flat ce matin du 23 novembre 1850, M. John Oakhurst, joueur de son métier, perçut un changement dans le climat moral de la ville depuis la veille au soir. Deux ou trois hommes, engagés dans une conversation sérieuse, s'interrompirent à son approche et échangèrent des regards entendus. Il y avait dans l'air la tranquillité normalement réservée au Jour du Seigneur, ce qui, dans un camp peu habitué aux influences du Jour du Seigneur, ne présageait rien de bon.

Le visage calme et régulier de M. Oakhurst ne trahit guère d'inquiétude devant ces signes. S'il se doutait d'une cause qui pourrait les justifier, cela était une autre question. « Je suppose qu'ils sont après quelqu'un », réfléchit-il. « Ça pourrait bien être moi. » Il remit dans sa poche le mouchoir avec lequel il avait chassé la poussière rouge de Poker Flat de ses chaussures impeccables et chassa de son esprit toute autre conjecture.

De fait, Poker Flat était « après quelqu'un ». Récemment, la ville avait accusé la perte de plusieurs milliers de dollars, de deux chevaux de valeur et d'un citoyen en vue. Elle traversait un accès de réaction vertueuse tout aussi sauvage et incontrôlable que les faits qui l'avaient provoqué. Un comité secret avait résolu de débarrasser la ville de toute personne indésirable.

---

8. *« fouettant » ;* de **to whip ;** le mot décrit le mouvement du mouchoir de M. Oakhurst pour chasser la poussière.
9. **Δ boots :** *chaussures montantes* ou *bottines ; les bottes* seront, selon le cas, **riding-boots** *(bottes de cheval)* ou **rubber boots** *(bottes de caoutchouc).*
10. syn. : **of late, recently.**
11. **lawless** (≠ **lawful**) *: illégal, sans contrôle de la loi.*
12. *qui ne convient pas ;* ex. : **This is not proper food for children,** *C'est une nourriture qui ne convient pas aux enfants.*

This was done permanently in regard of[1] two men who were then hanging from the boughs[2] of a sycamore in the gulch[3], and temporarily in the banishment of certain other objectionable[4] characters. I regret to say that some of these were ladies[5]. It is but[6] due to the sex, however, to state that their impropriety[7] was professional, and it was only in such easily established standards of evil[8] that Poker Flat ventured to sit in judgement.

Mr Oakhurst was right in supposing that he was included in this category. A few of the committee[9] had urged[10] hanging him as a possible example, and a sure method of reimbursing themselves from his pockets of the sums he had won from them. "It's agin[11] justice," said Jim Wheeler, "to let this yer[12] young man from Roaring Camp[13] — an entire stranger — carry away our money." But a crude[14] sentiment of equity residing in the breasts of those who had been fortunate[15] enough to win from Mr Oakhurst overruled[16] this narrower local prejudice.

Mr Oakhurst received his sentence with philosophic calmness, none the less coolly[17] that he was aware of the hesitation of his judges. He was too much of a gambler not to accept Fate. With him life was at best an uncertain game, and he recognized the usual percentage in favor of the dealer[18].

---

1. ⚠ **in regard of** est un peu désuet ; syn. : **as regards, with regards to.**
2. [bauz] ; terme poétique pour **branches.**
3. syn. : **ravine** [rə'vi:n].
4. « *auxquels on pouvait objecter qqch.* » ; autre traduction possible : *indésirables.*
5. « *des dames* » ; **lady** est toujours plus formel que **woman** ; autre traduction possible : *des représentants du beau sexe.*
6. ⚠ **but** est ici employé à son sens propre ; ne pas confondre avec l'expression : **Every one but John is going to the party,** *Tout le monde sauf John...*
7. de **proper ;** voir note 12, page précédente.
8. « *dans de telles normes du mal faciles à établir* ».
9. « *quelques du comité* » ; sous-entendu **people.**

Ce fut fait de façon permanente en ce qui concerne deux hommes qui pendaient alors à la branche d'un sycomore dans le ravin, et, temporairement, par le bannissement de certains autres individus peu recommandables. Je suis au regret de dire qu'il y avait parmi eux des femmes. Il faut cependant rendre justice au beau sexe en disant que leur inconvenance était toute professionnelle et que Poker Flat s'était permis de s'ériger en tribunal uniquement en fonction de ce type, facile à établir, de mesure du mal.

M. Oakhurst avait raison de supposer qu'il était inclus dans cette catégorie. Quelques membres du comité avaient recommandé qu'on le pende pour l'exemple et pour se rembourser de façon sûre en prenant dans ses poches les sommes qu'il leur avait gagnées. « C'est contre la justice », dit Jim Wheeler, « de laisser ce jeune homme de Roaring Camp — un parfait étranger — emporter notre argent. » Mais un sentiment fruste de l'équité dans le cœur de ceux qui avaient eu assez de chance pour gagner contre M. Oakhurst fut plus fort que ce préjugé local plutôt étroit.

M. Oakhurst reçut sa condamnation avec un calme philosophique, d'autant plus froidement qu'il était conscient des hésitations de ses juges. Il était trop joueur pour ne pas accepter le Sort. Pour lui, la vie était au mieux un jeu incertain et il reconnaissait le pourcentage habituel en faveur du donneur.

---

10. ▲ **to urge :** *recommander, conseiller* (**to advise**) ; *une affaire urgente :* **pressing-business.**
11. = **against.**
12. = **this here** ; voir note 8, page 124.
13. *« le Camp Rugissant » ;* il s'agit d'un camp de mineurs voisin.
14. syn. : raw [rɔ:], *grossier, rude, sans finesse.*
15. syn. : **lucky** ; ▲ **You're very fortunate** : *Vous avez bien de la chance. Etre fortuné, avoir de l'argent :* **to be rich, wealthy, well-off, well-to-do, well-heeled.**
16. **to overrule :** *prendre une décision* qui annule et remplace la décision précédente d'une instance inférieure.
17. *« aucunement moins froidement » :* ne pas confondre avec **nonetheless (nevertheless)** : *néanmoins.*
18. **to deal :** *distribuer* (des cartes ou des marchandises).

A body[1] of armed men accompanied the deported wickedness[2] of Poker Flat to the outskirts of the settlement[3]. Besides Mr Oakhurst, who was known to be a coolly desperate man, and for whose intimidation the armed escort was intended, the expatriated party[4] consisted of a young woman familiarly known as "The Duchess" ; another, who had gained the infelicitous title of "Mother Shipton" ; and "Uncle Billy," a suspected sluice-robber[5] and confirmed drunkard. The cavalcade provoked no comments from the spectators, nor[6] was any word uttered by the escort. Only, when the gulch which marked the uttermost[7] limit of Poker Flat was reached, the leader spoke briefly and to the point[8]. The exiles were forbidden to return at the peril of their lives[9].

As the escort disappeared, their pent-up[10] feelings found vent[11] in a few hysterical tears from the Duchess, some bad language from Mother Shipton, and a Parthian[12] volley of expletives[13] from Uncle Billy. The philosophic Oakhurst alone remained still. He listened calmly to Mother Shipton's desire to cut somebody's heart out, to the repeated statements of the Duchess that she would die on the road, and to the alarming oaths[14] that seemed to be bumped out of Uncle Billy as he rode forward. With the easy good humor characteristic of his class, he insisted upon exchanging his own riding-horse[15], Five Spot[16], for the sorry[17] mule which the Duchess rode.

---

1. *un corps* (constitué).
2. *méchanceté ;* **to be wicked** *: être mauvais, méchant.*
3. **to settle :** *s'installer, coloniser ;* **a settlement** : *une installation, une colonie, un village.*
4. **a party** a souvent le sens de *un groupe.*
5. **sluice** [slu:s] : *un bief* ou le conduit qui sert à amener l'eau au camp. Voir **flume**, note 12, page 121.
6. noter l'inversion du verbe et du sujet après **nor.**
7. à l'origine **outermost** : *le plus à l'extérieur ;* ≠ **innermost.**
8. *« en allant droit au but » ;* ≠ **beside the point,** *hors sujet, qui n'a rien à voir avec le sujet discuté.*
9. *« au péril de leur vie ».*
10. *« sous pression, enfermés » ;* **pent-up steam :** *de la vapeur sous pression ;* **pent-up emotions :** *des émotions rentrées.*

Une troupe d'hommes armés accompagna la perversité exilée de Poker Flat jusqu'à la lisière du village. En plus de M. Oakhurst, qui était connu pour être un homme froidement désespéré et que l'escorte armée était chargée d'intimider, le groupe de bannis comprenait une jeune femme connue familièrement comme « la Duchesse », une autre femme qui avait gagné le titre malheureux de « Mère Shipton », et « Oncle Billy », soupçonné d'être un voleur de conduits à eau et pochard confirmé. La cavalcade ne provoqua aucun commentaire de la part des spectateurs et aucun mot ne fut non plus prononcé par l'escorte. C'est seulement quand fut atteint le ravin qui marquait la limite extrême de Poker Flat que le chef parla brièvement et clairement. Les exilés avaient l'interdiction de revenir sous peine de perdre la vie.

Quand l'escorte disparut, leurs sentiments contenus s'exprimèrent en quelques larmes hystériques de la part de la Duchesse, quelques gros mots de la part de Mère Shipton et une volée de jurons vengeurs de la part d'Oncle Billy. Seul le philosophe Oakhurst garda son calme. Il prêta calmement l'oreille à l'envie qu'avait Mère Shipton d'arracher le cœur de quelqu'un, aux déclarations répétées de la Duchesse qu'elle mourrait en route et aux jurons effrayants que chaque bosse semblait arracher à Oncle Billy comme il s'avançait à cheval. Avec la bonne humeur tranquille caractéristique des gens de sa sorte, il insista pour échanger son propre cheval, Five Spot, contre la misérable mule que chevauchait la Duchesse.

---

11. **to find vent :** *trouver une issue ;* **to vent an opinion :** *exprimer son opinion ;* syn. **to air, to voice an opinion.**
12. comme les Parthes qui décochent leurs flèches en fuyant.
13. syn. : **swear-words, oaths, curses.**
14. **an oath** [əuθ] : *un juron* (ici) ; peut également signifier *un serment ;* **to take the oath :** *prêter serment.*
15. « *un cheval de selle* ».
16. le nom du cheval peut renvoyer soit à la cinquième carte de chaque couleur aux cartes, soit à un dé, soit encore à un billet de 5 dollars.
17. noter ce sens de **sorry :** *qui n'a pas l'air beau* ou *en forme ;* **a sorry-looking house,** *une maison qui a l'air en mauvais état.*

But even this act did not draw the party into any closer sympathy. The young woman readjusted her somewhat draggled plumes with a feeble, faded coquetry ; Mother Shipton eyed the possessor of Five Spot with malevolence, and Uncle Billy included the whole party in one sweeping [1] anathema.

The road to Sandy Bar [2] — a camp that, not having as yet [3] experienced the regenerating influences of Poker Flat, consequently seemed to offer some invitation to the emigrants — lay over a steep mountain range. It was distant a day's severe journey [4]. In that advanced season, the party soon passed out of the moist, temperate regions of the foothills into the dry, cold, bracing [5] air of the Sierras [6]. The trail [7] was narrow and difficult. At noon the Duchess, rolling out of her saddle upon the ground, declared her intention of going no farther [8], and the party halted.

The spot was singularly wild and impressive. A wooded amphitheater, surrounded on three sides by precipitous cliffs of naked [9] granite [10], sloped gently toward the crest of another precipice that overlooked the valley. It was undoubtedly [11] the most suitable spot for a camp, had [12] camping been advisable. But Mr Oakhurst knew that scarcely [13] half the journey to Sandy Bar was accomplished, and the party were [14] not equipped or provisioned for delay [15].

---

1. **to sweep :** *balayer* au sens propre, ou *balayer du regard* ou encore *détruire* (**the flood swept everything in its path :** *l'innondation a tout détruit sur son chemin*) ; **sweeping :** *destructeur.*
2. **Sandy Bar :** « *Moraine de sable* ».
3. **as yet ;** syn. : so far.
4. **a day's severe journey ;** noter l'emploi du cas possessif avec les expressions de temps ; **a journey,** *un voyage ;* syn. : **a trip, a travel.**
5. **to brace :** *soutenir, retenir, raffermir* (quelque chose qui menace de tomber) ; d'où : **bracing air,** *de l'air vivifiant.*
6. noter l'utilisation dans tout l'ouest des Etats-Unis du mot espagnol **sierra** pour désigner les chaînes de montagnes ; syn. : **(mountain) range.**
7. syn. **path ;** le mot **trail** est utilisé dans tous les Etats-Unis pour désigner *les sentiers pédestres.*

Mais même cet acte ne souda pas le groupe dans une sympathie plus étroite. La jeune femme réajusta ses plumes quelque peu souillées avec un mouvement mou de coquetterie fanée ; Mère Shipton regarda d'un œil malveillant le propriétaire de Five Spot et Oncle Billy engloba tout le groupe dans une seule et même malédiction.

Le chemin jusqu'à Sandy Bar — camp qui, n'ayant pas encore subi les influences régénératrices de Poker Flat, semblait en conséquence offrir quelque invitation aux immigrants — passait par une chaîne de montagnes escarpées. Il se trouvait à une dure journée de voyage. Dans cette saison avancée, le groupe passa bientôt des régions humides et tempérées des collines à l'air sec, froid et tonique des sierras. La piste était étroite et difficile. A midi, la Duchesse, roulant hors de sa selle, déclara son intention de ne pas aller plus avant, et le groupe s'arrêta.

L'endroit était singulièrement sauvage et impressionnant. Un cirque boisé, entouré sur trois côtés de falaises escarpées de granit nu, descendait doucement vers l'arête d'un autre précipice qui donnait sur la vallée. C'était sans aucun doute l'endroit le plus propice à l'établissement d'un camp, si cela avait été judicieux. Mais M. Oakhurst savait qu'à peine la moitié du chemin jusqu'à Sandy Bar avait été parcouru et que le groupe ne disposait pas de l'équipement ni des provisions pour un retard.

---

8. en théorie, **farther** doit être réservé pour exprimer la distance *(plus loin)* et **further** le degré plus avancé (**further information, a further reason**...).
9. ▲ prononciation de **naked** ['neɪkɪd].
10. ['grænɪt].
11. **undoubtedly** [ʌn'dəutɪdlɪ] ; syn : **doubtlessly.**
12. possibilité de traduire la condition avec **had** en début de phrase (**Had you killed it, you would be sorry**) ou **should** également en début de phrase (**Should you like to come along** ... : *Au cas où vous voudriez nous accompagner / Si vous voulez nous accompagner*...).
13. syn. : **barely, hardly.**
14. emploi usuel du verbe au pluriel après **a party.**
15. ▲ **a delay :** *un retard* et non *un délai* qui se dirait : **a notice, a period (of time), a deadline.**

This fact he pointed out to his companions curtly, with a philosophic commentary on the folly of "throwing up their hand before the game was played out". But they were furnished [1] with liquor [2], which in this emergency stood them in place of food, fuel [3], rest, and prescience. In spite of his remonstrances, it was not long before they were [4] more or less under its influence. Uncle Billy passed rapidly from a bellicose state into one of stupor, the Duchess became maudlin, and Mother Shipton snored. Mr Oakhurst alone remained erect, leaning against a rock, calmly surveying [5] them.

Mr Oakhurst did not drink. It interfered with [6] a profession [7] which required coolness, impassiveness, and presence of mind, and, in his own language, he "couldn't afford it". As he gazed at his recumbent fellow-exiles, the loneliness begotten [8] of his pariah [9]-trade, his habits of life, his very vices, for the first time seriously oppressed him. He bestirred himself in dusting his black clothes, washing his hands and face, and other acts characteristic of his studiously neat [10] habits, and for a moment forgot his annoyance. The thought of deserting his weaker [11] and more pitiable companions never perhaps occurred to him. Yet he could not help feeling the want [12] of that excitement which, singularly enough, was most conducive to [13] the calm equanimity for which he was notorious.

---

1. syn. : **supplied with.**
2. ▲ **liquor :** tous *les alcools forts,* non sucrés (cognac, whisky...) ; *la liqueur :* **liqueur.**
3. ▲ **fuel :** *tout combustible* tel que le bois, le papier, le pétrole, le charbon, l'uranium...
4. « *il ne fut pas longtemps avant qu'ils soient* ».
5. **to survey :** *observer ;* également : *arpenter* (**a surveyor :** *un arpenteur*) et *faire une étude* (**a marketing survey**).
6. **to interfere with :** *créer des interférences, gêner.*
7. = (ici) **an occupation, a job** ; noter qu'en américain moderne le mot désigne souvent *les professions libérales :* **the professions ; a professional** : *un membre d'une profession libérale,* ou *un employé hautement qualifié.*
8. syn. : **produced by** ; noter tout au long de cette nouvelle l'utilisation de termes recherchés tels que (dans cette

Il signala ce fait brièvement à ses compagnons, ajoutant un commentaire philosophique sur la folie qu'il y avait à « jeter son jeu avant que la partie soit terminée ». Mais ils étaient pourvus en alcool, qui dans cette circonstance critique leur tenait lieu de nourriture, de combustible, de repos et de prescience. En dépit de ses remontrances, peu de temps se passa avant qu'ils soient plus ou moins sous son influence. Oncle Billy passa rapidement d'un état belliqueux à l'abrutissement total ; la Duchesse devint larmoyante et Mère Shipton ronfla. Seul M. Oakhurst resta debout, appuyé contre un rocher, à les observer tranquillement.

M. Oakhurst ne buvait pas. Cela portait atteinte à une profession qui exigeait sang-froid, impassibilité et toute la présence d'esprit ; et, comme il le disait lui-même, il « ne pouvait pas se le permettre ». Comme il contemplait ses compagnons d'exil étendus, la solitude résultant de son métier de paria, ses habitudes de vie, ses vices même l'oppressèrent pour la première fois. Il se remua pour épousseter ses habits noirs, se laver les mains et la figure et exécuter les autres actes caractéristiques de ses habitudes très soignées ; et il oublia un instant son trouble. L'idée d'abandonner ses compagnons plus faibles et plus pitoyables ne lui vint peut-être jamais à l'esprit. Pourtant, il ne pouvait s'empêcher de ressentir le manque de cette excitation qui, bizarrement, était la plus propice à la sérénité pour laquelle il était connu.

---

phrase) : **recumbent** pour **lying** et plus loin, **to bestir** pour **to move**.

9. ['pærjə] ; presque tous les termes disponibles pour désigner la condition des exilés sont employés par l'auteur : **pariah, exiles, outcasts, emigrant, deported, expatriated.**

10. « *studieusement nettes* ».

11. « *les plus faibles* » par rapport aux plus forts ; d'où l'emploi du comparatif et non du superlatif.

12. sens de *manquer* du verbe **to want ;** syn. : **to miss, to lack** ; ex. : **For want of money**... *Par manque d'argent*...

13. **to be conducive** [kən'dusɪv] : *être propice, favorable à.*

He looked at the gloomy[1] walls that rose a thousand feet sheer above the circling pines around him[2]; at the sky, ominously clouded; at the valley below, already deepening[3] into shadow. And, doing so, suddenly he heard his own name called.

A horseman[4] slowly ascended the trail. In the fresh, open face of the new-comer Mr Oakhurst recognized Tom Simson, otherwise known as "The Innocent" of Sandy Bar. He had met him some[5] months before over[6] a "little game", and had, with perfect equanimity, won the entire fortune — amounting to some forty dollars — of that guileless[7] youth[8]. After the game was finished, Mr Oakhurst drew the youthful speculator behind the door and thus addressed him: "Tommy, you're a good little man, but you can't gamble worth a cent[9]. Don't try it over again[10]." He then handed[11] him his money back, pushed him gently from the room, and so made a devoted slave of Tom Simson.

There was a remembrance of this in his boyish and enthusiastic greeting of Mr Oakhurst. He had started, he said, to go to Poker Flat to seek his fortune. "Alone?" No, not exactly alone; in fact — a giggle[12] — he had run away with Piney Woods. Didn't Mr Oakhurst remember Piney? She that[13] used to wait on[14] the table at the Temperance House[15]? They had been engaged a long time, but old Jake Woods had objected, and so they had run away, and were going to Poker Flat to be married, and here they were.

---

1. syn. : dark, sinister, somber, dreary.
2. *« les pins qui faisaient un cercle autour de lui ».*
3. de **deep** *(profond)* ; ≠ shallow.
4. ⚠ **a horseman**, a rider : *un cavalier ; un chevalier* : a knight.
5. emploi de **some** où l'on attendrait plutôt a few.
6. *« au-dessus » ;* to meet someone over dinner : *passer du temps avec quelqu'un devant un dîner.*
7. *« sans ruse ».*
8. ⚠ **youth** (sans article) : *la jeunesse ;* **a youth** : *un jeune.*
9. *« tu ne sais pas jouer pour la valeur d'un sou ».*
10. **to do something over again**, *encore, à nouveau ;* expression d'usage très courant.

Il regarda les parois sombres qui s'élevaient en un à-pic de trois cents mètres au-dessus du cirque de pins qui l'entourait ; il regarda également le ciel sinistrement nuageux et la vallée en bas qui s'enfonçait dans l'obscurité. Ce faisant, il entendit soudain qu'on appelait son nom.

Un cavalier montait lentement sur la piste. Dans le visage frais et ouvert du nouvel arrivant M. Oakhurst reconnut Tom Simson, également connu comme « l'Innocent » de Sandy Bar. Il l'avait rencontré quelques mois auparavant à l'occasion d'une « petite partie » et avait, avec la plus grande équanimité, gagné toute la fortune, qui s'élevait à quarante dollars environ, de ce jeune homme naïf. Quand la partie avait été finie, M. Oakhurst avait tiré le jeune spéculateur derrière la porte et s'était adressé à lui en ces termes : « Tommy, tu es un bon petit gars, mais tu ne vaux pas un sou au jeu. N'y tente plus ta chance. » Puis il lui remit son argent, le poussa doucement hors de la pièce et ainsi fit de Tom Simpson un esclave dévoué.

Il y avait un souvenir de cela dans son salut enfantin et enthousiaste à M. Oakhurst. Il dit qu'il s'était mis en route pour Poker Flat pour chercher sa fortune. « Seul ? » Non, pas vraiment seul ; en fait — petit rire — il s'était sauvé avec Piney Woods. M. Oakhurst ne se souvenait-il pas de Piney ? Celle qui servait à table à la Maison de la Tempérance ? Ils étaient fiancés depuis longtemps, mais le vieux Jake Woods s'y était opposé, alors ils s'étaient sauvés pour aller à Poker Flat se marier et maintenant, les voilà ici.

---

11. **to hand :** *passer de la main à la main ;* **please, hand me that book over there :** *s'il te plaît, passe-moi le livre là-bas.*
12. **to giggle :** *ricaner* (de façon gênée ou nerveuse).
13. = **The girl who.../ The one who...**
14. **to wait on someone :** *servir qqn à table ;* **a waiter, a waitress :** *un serveur, une serveuse.*
15. établissement qui, pour protéger la bonne moralité des consommateurs, ne servait pas de boissons alcoolisées. Il existait des **Temperance Societies** (associations de tempérance) dans la plupart des villes de l'ouest.

And they were tired out [1], and how lucky it was they had found a place to camp and company. All this the Innocent delivered [2] rapidly, while Piney — a stout, comely damsel [3] of fifteen — emerged from behind the pine-tree, where she had been blushing unseen [4], and rode to the side of her lover [5].

Mr Oakhurst seldom [6] troubled himself with sentiment, still less with propriety [7] ; but he had a vague idea that the situation was not felicitous. He retained, however, his presence of mind sufficiently to kick Uncle Billy, who was about to say something, and Uncle Billy was sober enough to recognize in Mr Oakhurst's kick a superior power that would not bear trifling [8]. He then endeavored [9] to dissuade Tom Simson from delaying further, but in vain.

He even pointed out the fact that there was no provision, nor means [10] of making a camp. But, unluckily, the Innocent met [11] this objection by assuring the party that he was provided with an extra [12] mule loaded with provisions, and by the discovery of a rude attempt [13] at a log-house [14] near the trail. "Piney can stay with Mrs Oakhurst," said the Innocent, pointing to the Duchess, "and I can shift for [15] myself."

Nothing but [16] Mr Oakhurst's admonishing foot saved Uncle Billy from bursting [17] into a roar of laughter.

---

1. emploi de **out** après **tired :** *ils n'en pouvaient plus, ils étaient à bout de force ;* syn. : **exhausted.**
2. **to deliver a speech :** *faire un discours.*
3. ['dæmzəl] ; du français : *demoiselle.*
4. *« où elle avait été rougissante, sans être vue ».*
5. **lover** peut être traduit par *amoureux* ou *amant.*
6. syn. : **rarely.**
7. **propriety** [prə'praıətı] = **what is proper** : *ce qui est convenable ;* ne pas confondre avec **property** ['prɔpətı] : *la propriété, les possessions.* Voir aussi note 12 page 141.
8. **to trifle :** *jouer, badiner, considérer comme sans importance ;* **a trifle** : *une broutille, une peccadille, une chose sans importance.* **It cost me a trifle** : *Ça m'a coûté un rien.*
9. syn. : **to attempt, to try.**

Et ils étaient épuisés et quelle chance c'était de trouver un endroit où camper et de la compagnie. L'Innocent débita cela rapidement pendant que Piney — une demoiselle de quinze ans, forte et avenante — émergeait de derrière le pin où elle était restée rougissante loin des regards ; elle s'avança sur son cheval au côté de son amoureux.

M. Oakhurst se souciait rarement de sentiments, encore moins des convenances ; mais il avait la vague impression que la situation n'était pas heureuse. Il conserva suffisamment sa présence d'esprit, cependant, pour donner un coup de pied à Oncle Billy qui était sur le point de dire quelque chose ; et Oncle Billy était assez à jeun pour reconnaître dans le coup de pied de M. Oakhurst une puissance supérieure qui ne tolérerait pas qu'on joue avec elle. Puis, il tenta de dissuader Tom Simson de se retarder plus, mais en vain. Il fit même remarquer qu'il n'y avait pas de provisions, ni les moyens d'établir un camp. Mais malheureusement, l'Innocent répondit à cette objection en assurant le groupe qu'il disposait d'une mule supplémentaire chargée de provisions et en déclarant qu'il avait découvert une hutte grossière en troncs d'arbres près de la piste. « Piney peut rester avec Madame Oakhurst », dit l'Innocent, montrant la Duchesse, « et je peux me débrouiller seul. »

Ce n'est que le coup de pied de remontrance de M. Oakhurst qui empêcha Oncle Billy d'éclater en un rugissement de rire.

---

10. **a means** prend toujours un s final dans le sens d'*un moyen,* tout comme le font **a series** *(une série)* et **a species** *(une espèce).*
11. **to meet an objection :** *répondre à une objection en la levant ;* autres expressions : **to meet a need,** *satisfaire un besoin ;* **to meet a deadline,** *respecter un délai.*
12. **extra** placé devant un nom signifie : *supplémentaire, de plus ;* ex. : **Buy an extra pair of shoes,** *achète une paire de chaussures de plus.*
13. « *une tentative grossière vers* ».
14. *une hutte* faite en rondins de bois = **a log-cabin** ; **a log** : *une bûche de bois.*
15. **to shift for oneself ;** syn. : **to fend for oneself.**
16. « *rien sauf* ».
17. syn. : **to burst out laughing.**

As it was, he felt compelled to retire [1] up the canyon until he could recover [2] his gravity. There he confided the joke to the tall pine-trees, with many slaps of his leg, contortions of his face, and the usual profanity. But when he returned to the party, he found them seated by a fire — for the air had grown strangely chill [3] and the sky overcast — in apparently amicable [4] conversation. Piney was actually talking in an impulsive, girlish fashion [5] to the Duchess, who was listening with an interest and animation she had not shown for many days. The Innocent was holding forth, apparently with equal effect, to Mr Oakhurst and Mother Shipton, who was actually relaxing into amiability [6]. "Is this yer [7] a d—d [8] picnic ?" said Uncle Billy, with inward scorn, as he surveyed the sylvan group, the glancing [9] fire-light, and the tethered [10] animals in the foreground. Suddenly an idea mingled [11] with the alcoholic fumes that disturbed his brain. It was apparently of a jocular nature, for he felt impelled [12] to slap his leg again and cram [13] his fist into his mouth.

As the shadows crept [14] slowly up the mountain, a slight [15] breeze rocked [16] the tops of the pine-trees, and moaned through their long and gloomy aisles [17]. The ruined cabin, patched [18] and covered with pine boughs, was set apart [19] for the ladies. As the lovers parted, they unaffectedly exchanged a kiss, so honest and sincere that it might have been heard above the swaying pines.

---

1. *se retirer ;* le verbe est très fréquent au sens de *prendre sa retraite.*
2. également : *se remettre, retrouver la santé ;* ex. : **He recovered after a long illness,** *il s'est remis après une longue maladie.*
3. ou **chilly** : *froid et sec ;* **to chill wine** : *mettre du vin à refroidir.*
4. syn. : **friendly.**
5. *« à la façon d'une très jeune fille ».*
6. *« se relaxait réellement dans l'amabilité ».*
7. = **here.**
8. = **damned** : *maudit, sacré.*
9. **to glance :** *dévier, ne pas s'accrocher sur ;* **to glance at** : *jeter un coup d'œil.*

Dans la situation, il se sentit obligé de se retirer dans le canyon jusqu'à ce qu'il puisse retrouver son sérieux. Là, il confia la plaisanterie aux grands pins en se frappant maintes fois la cuisse, en faisant des grimaces et en proférant ses jurons habituels. Mais quand il revint auprès du groupe, il le trouva assis autour d'un feu — car l'air était devenu étrangement froid et le ciel couvert — conversant aimablement, à ce qu'il semblait. De fait, Piney était en train de parler de manière spontanée, un peu enfantine, à la Duchesse qui écoutait avec un intérêt, une animation qu'elle n'avait pas montrés depuis de nombreux jours. L'Innocent pérorait, avec le même effet apparemment, devant M. Oakhurst et Mère Shipton, qui se laissait réellement aller à être aimable. « Est-ce donc là un bon dieu de pique-nique ? » dit Oncle Billy, avec un mépris contenu, en observant le groupe sylvestre, la lumière dansante du feu et, au premier plan, les animaux à l'attache. Soudain une idée se mélangea aux vapeurs d'alcool qui dérangeaient son cerveau. Elle était apparemment de nature plaisante car il se sentit obligé de se taper la cuisse à nouveau et de se fourrer les poings dans la bouche.

Comme l'ombre glissait lentement vers le haut de la montagne, une légère brise balança la cime des grands pins et geignit en traversant les longues allées sombres qu'ils formaient. La cabane en ruine, rapiécée et recouverte de branches de pin, fut réservée aux dames. En se séparant, les deux amoureux échangèrent sans complexe un baiser si honnête et si sincère qu'on aurait pu l'entendre au-dessus des pins agités.

---

10. de **a tether** ['teðər] : *une longe* pour attacher un cheval, par exemple.
11. syn. : **mixed.**
12. syn. : **to compel, to force.**
13. *bourrer, remplir jusqu'au bord ;* **to cram for an exam** : *se remplir la tête avant un examen, bachoter.*
14. **to creep (crept, crept) :** *ramper, se traîner par terre.*
15. syn. : **light.**
16. **to rock :** syn. : **to sway** : *(se) balancer ;* ▲ **to balance** : *équilibrer ;* ex. : **to balance a budget.**
17. [ajl] ; voir également note 1, page 58.
18. **a patch :** *une pièce* sur un habit ; **to patch** : *réparer ;* syn. : **to fix, to repair.**
19. *« mise à part » ; mise de côté.*

The frail Duchess and the malevolent Mother Shipton were probably too stunned [1] to remark upon this last evidence [2] of simplicity, and so turned without a word to the hut. The fire was replenished [3], the men lay down before the door, and in a few minutes were asleep.

Mr Oakhurst was a light sleeper [4]. Toward morning he awoke benumbed [5] and cold. As he stirred the dying fire, the wind, which was now blowing strongly, brought to his cheek that which caused the blood to leave it [6] — snow !

He started to [7] his feet with the intention of awakening the sleepers, for there was no time to lose [8]. But turning to where Uncle Billy had been lying, he found him gone. A suspicion leaped [9] to his brain and a curse to his lips. He ran to the spot where the mules had been tethered ; they were no longer there. The tracks [10] were already rapidly disappearing in the snow.

The momentary excitement brought Mr Oakhurst back to the fire with his usual calm.

He did not waken the sleepers. The Innocent slumbered [11] peacefully, with a smile on his good humored [12], freckled face ; the virgin Piney slept beside her frailer sisters as sweetly as though attended [13] by celestial guardians, and Mr Oakhurst, drawing his blanket over his shoulders, stroked his mustachios [14] and waited for the dawn.

---

1. syn. : surprised, shocked, taken aback, amazed.
2. ▲ **evidence :** *un indice, une preuve. C'est une évidence :* it is obvious (evident).
3. « *rempli* ».
4. « *un dormeur léger* » ; ≠ a heavy sleeper ; to sleep like a log : *dormir comme un sonneur.*
5. = to numb ; l'adj. numb signifie *gourd, raide, aux réactions lentes.*
6. « *ce qui causa le sang de le quitter* ».
7. noter le sens de *se mettre (à) (sur)* donné ici à **to start to.**
8. également : no time to waste.
9. syn. : to jump.
10. ▲ **tracks :** *les traces* (de pas) (d'un animal) ; to track : *traquer, suivre à la trace ;* mais a trace of (poison) : *un*

La frêle Duchesse et la malveillante Mère Shipton furent probablement trop étonnées pour faire une remarque sur cette dernière preuve de simplicité et se tournèrent donc sans un mot vers la cabane. Le feu fut réapprovisionné, les hommes se couchèrent devant la porte et s'endormirent en quelques minutes.

M. Oakhurst ne dormait jamais profondément. Vers le matin, il se réveilla engourdi de froid. En remuant le feu mourant, le vent qui maintenant soufflait fort amena à sa joue ce qui la vida de son sang — de la neige !

Il se leva rapidement avec l'intention de réveiller les dormeurs, car il n'y avait pas de temps à perdre. Mais, en se tournant vers l'endroit où Oncle Billy avait été couché, il le trouva parti. Un soupçon monta à son cerveau et un juron à ses lèvres. Il courut à l'endroit où les mules avaient été attachées ; elles n'y étaient plus. Les traces disparaissaient déjà rapidement dans la neige.

L'excitation momentanée ramena M. Oakhurst près du feu avec son calme habituel.

Il ne réveilla pas les dormeurs. L'Innocent dormait paisiblement, un sourire sur son visage sans malice qui était couvert de taches de rousseur ; la virginale Piney dormait près de ses sœurs plus frêles aussi doucement que si elle était entourée par ses anges gardiens ; et M. Oakhurst, tirant sa couverture sur ses épaules, caressa ses moustaches et attendit l'aube.

---

soupçon (une trace de poison) ; *tracer* (une ligne) : **to draw (a line).**

11. **to slumber :** *dormir profondément ;* pour traduire *dormir* voir note 4, page précédente et les verbes suivants : **to doze** (*dormir légèrement*) ; **to doze off** (*s'endormir*) ; **to take a nap** (*faire la sieste*) ; **to nod** (*piquer du nez*).

12. **good-humored :** *avenant, ouvert ;* ▲ *il est de bonne humeur :* **he is in a good mood.**

13. ▲ ne pas confondre **to attend (a class)** : *assister à (un cours)* et **to attend to** : *s'occuper de qqch* ou *de qqn ;* **an attendant** : *la personne qui s'occupe de vous* (dans un magasin, dans un garage...), *un employé.*

14. [məs'tatʃjəz] ; le mot français *moustache* est également employé ; ▲ prononciation [məs'ta:ʃ].

It came slowly in the whirling mist of snowflakes, that dazzled[1] and confused the eye. What could be seen of the landscape appeared magically changed. He looked over the valley, and summed up the present and future in two words — "Snowed in[2] !"

A careful inventory of the provisions, which, fortunately for the party, had been stored within[3] the hut, and so escaped the felonious fingers of Uncle Billy, disclosed[4] the fact that with care and prudence they might last ten days longer. "That is," said Mr Oakhurst, *sotto voce*[5] to the Innocent, "if you're willing to board[6] us. If you ain't — and perhaps you'd better not — you can wait till Uncle Billy gets back with provisions." For some occult reason, Mr Oakhurst could not bring himself to[7] disclose Uncle Billy's rascality, and so offered the hypothesis that he had wandered[8] from the camp and had accidentally stampeded[9] the animals. He dropped[10] a warning to the Duchess and Mother Shipton, who of course knew the facts of their associate's defection. "They'll find out the truth about us *all*, when they find out anything," he added, significantly, "and there's no good[11] frightening them now."

Tom Simson not only put all his worldly store[12] at the disposal of Mr Oakhurst, but seemed to enjoy the prospect[13] of their enforced[14] seclusion. "We'll have a good camp for a week, and then the snow'll melt[15] and we'll all go back together."

---

1. **to dazzle :** *éblouir* (sens propre et figuré). **A dazzling movie :** *un film éblouissant, remarquable.*
2. syn. : **snow-bound** (*enfermé, lié par la neige*).
3. syn. : **inside.**
4. syn. : **to reveal.**
5. = *à voix basse ;* **in a low voice.**
6. syn. : **to accomodate** ; c'est-à-dire *procurer, fournir la nourriture, le couvert ;* **room and board** : *le gîte et le couvert ;* **a boarding-house** : *une pension ;* **a boarder** : *un pensionnaire.*
7. *« ne pouvait pas s'amener lui-même à ».*
8. *errer, se promener sans but.*
9. *créer la panique* chez les bêtes et les faire fuir ; **a stampede** [stæm'pɪ:d] : *une ruée, une panique.*

Elle vint lentement dans le brouillard tourbillonnant des flocons de neige qui aveuglait et brouillait l'œil. Ce qui pouvait être vu du paysage apparaissait changé comme par magie. Il parcourut la vallée du regard et résuma le présent et le futur en quatre mots : « coincés par la neige ! »

Un inventaire soigneux des provisions, qui, heureusement pour le groupe, avaient été stockées à l'intérieur de la cabane et ainsi échappèrent aux doigts criminels d'Oncle Billy, révéla qu'avec soin et prudence ils pourraient durer dix jours de plus. « C'est-à-dire », dit *sotto voce* M. Oakhurst à l'Innocent, « si vous êtes disposé à nous inviter. Sinon — et peut-être bien que vous feriez mieux de ne pas le faire — vous pouvez attendre qu'Oncle Billy revienne avec des provisions. » Pour quelque raison occulte, M. Oakhurst ne put se résoudre à révéler la gredinerie d'Oncle Billy et offrit ainsi l'hypothèse qu'il s'était éloigné du camp et avait accidentellement fait fuir les animaux. Il lança un avertissement à la Duchesse et à Mère Shipton, qui évidemment savaient la vérité sur la défection de leur associé. « Ils découvriront la vérité sur nous *tous* quand ils découvriront l'un ou l'autre des détails », ajouta-t-il d'un air entendu, « et il est inutile de les effrayer maintenant. »

Non seulement Tom Simson mit tout ce qu'il possédait en ce monde à la disposition de M. Oakhurst, mais il sembla se réjouir à l'idée de leur isolement forcé. « Nous allons camper confortablement pendant une semaine et puis la neige va fondre et nous rentrerons tous ensemble. »

---

10. **to drop :** *lâcher ;* **to drop a warning** : *donner un avertissement ;* **to drop a hint** : *faire une allusion.*
11. *« il n'y a rien de bon à » = ça ne sert à rien de.*
12. *« toute sa marchandise de ce monde ».*
13. *« la perspective ».*
14. **to enforce :** *forcer ;* on pourrait trouver également **forced** ; **to enforce the law** : (*faire*) *appliquer la loi.*
15. **to melt :** (*faire*) *fondre en eau ;* ⚠ à la différence avec **to thaw** [θɔ:] qui veut souvent dire *décongeler* des produits surgelés par exemple.

The cheerful gaiety of the young man and Mr Oakhurst's calm infected the others. The Innocent, with the aid of pine boughs, extemporized[1] a thatch for the roofless cabin, and the Duchess directed[2] Piney in the rearrangement of the interior with a taste and tact that opened the blue eyes of that provincial maiden[3] to their fullest extent.

"I reckon now you're used to[4] fine things at Poker Flat," said Piney. The Duchess turned away sharply to conceal[5] something that reddened her cheek through its professional tint[6], and Mother Shipton requested[7] Piney not to "chatter". But when Mr Oakhurst returned from a weary[8] search for the trail, he heard the sound of happy laughter echoed from the rocks. He stopped in some alarm[9], and his thoughts first naturally reverted[10] to the whisky, which he had prudently *cached*[11]. "And yet it don't somehow sound like whisky," said the gambler. It was not until he caught sight of the blazing[12] fire through the still blinding storm, and the group around it, that he settled to the conviction[13] that it was "square[14] fun".

Whether Mr Oakhurst had *cached* his cards with the whisky as something debarred[15] the free access of the community, I cannot say.

It was certain that, in Mother Shipton's words, he "didn't say cards once[16]" during the evening.

---

1. à l'origine, *improviser* (un texte, une réponse).
2. **to direct :** *donner des indications, diriger ;* **a film-director** : *un metteur en scène.*
3. syn. : **virgin** (*la vierge, la jeune fille, la pucelle*) ; **the Maiden from Domrémy** : *Jeanne d'Arc.*
4. ⚠ ne pas confondre : **we used to live here** : *nous habitions ici autrefois* et **we are used to living here** : *nous avons l'habitude de vivre ici/nous y sommes habitués.*
5. syn. : **to hide.**
6. syn. : **color, hue** (*nuance*).
7. syn. : **to require** ; façon polie de demander fermement ; ⚠ **to demand** est encore plus fort : *exiger.*
8. ['wɪərɪ] ; syn. : **tired.**
9. « *dans quelque alarme* ».
10. syn. : **to go back** ; ex. : **he reverted to smoking** : *il s'est remis à fumer.*

La gaieté riante du jeune homme et le calme de M. Oakhurst se communiquèrent aux autres. L'Innocent, à l'aide de branches de pin, improvisa un chaume pour la cabane sans toit et la Duchesse dirigea Piney dans le réaménagement de l'intérieur avec un goût et un tact qui ouvrirent tout grands les yeux de cette jeune provinciale.

« Maintenant je pense que vous avez l'habitude des belles choses à Poker Flat », dit Piney. La Duchesse se tourna brusquement pour cacher quelque chose qui rougit sa joue à travers sa couleur professionnelle et Mère Shipton invita Piney à ne pas « bavarder ». Mais quand M. Oakhurst s'en revint d'une recherche fatigante de la piste, il entendit l'écho de rires gais réverbérés par les rochers. Il s'arrêta inquiet et ses pensées revinrent naturellement au whisky, qu'il avait prudemment *caché*. « Et pourtant, pour une raison ou pour une autre, cela ne semble pas provoqué par le whisky », se dit le joueur. Et ce n'est pas avant d'avoir aperçu le feu éclatant à travers la tempête encore aveuglante et le groupe qui l'entourait, qu'il se convainquit qu'il s'agissait de « gaieté honnête ».

Je ne peux dire si M. Oakhurst avait *caché* ses cartes avec le whisky comme quelque chose qui était interdit d'accès à la communauté.

Il était certain que, dans les mots mêmes de Mère Shipton, il « n'a pas dit le mot carte une fois » durant la soirée.

---

11. **to cache :** mot d'origine française passé à l'anglais par l'intermédiaire des trappeurs canadiens-français qui ont exploré tout l'ouest américain dès le XVIIIe siècle. Les trappeurs « cachaient » provisions et peaux en prévision de leur retour vers les comptoirs.
12. **to blaze :** *brûler, faire un feu d'enfer.*
13. *« il s'installa dans la conviction ».*
14. *« carrée » = de bon aloi ;* **a square deal** : *une affaire honnête, « réglo ».*
15. syn. : **denied, forbidden, prevented** ; **to debar :** *empêcher, priver.*
16. autre traduction possible : *il n'a pas prononcé le mot « carte » une seule fois.*

Haply[1] the time was beguiled[2] by an accordion, produced[3] somewhat ostentatiously by Tom Simson, from his pack. Notwithstanding[4] some difficulties attending the manipulation[5] of this instrument, Piney Woods managed to pluck[6] several reluctant melodies from its keys[7], to an accompaniment by the Innocent on a pair of bone castinets. But the crowning festivity[8] of the evening was reached in a rude camp-meeting[9] hymn, which the lovers, joining hands, sang with great earnestness and vociferation[10]. I fear that a certain defiant tone and Covenanter's[11] swing to its chorus, rather than any devotional quality, caused it speedily to infect the others who at last joined in the refrain :

I'm proud to live in the service of the Lord,
And I'm bound[12] to die in His army.

The pines rocked, the storm eddied[13] and whirled above the miserable group, and the flames of their altar leaped heavenward, as if in token of the vow.

At midnight the storm abated, the rolling clouds[14] parted, and the stars glittered keenly[15] above the sleeping camp. Mr Oakhurst, whose professional habits had enabled him to live on the smallest possible amount of sleep, in dividing the watch with Tom Simson, somehow managed to take upon himself the greater part of that duty[16].

---

1. **haply** de la même famille que **to happen, happy, hap** ; **hap** : *la chance, le hasard.*
2. *séduire, tromper ;* ici, l'ennui est trompé par la musique.
3. ⚠ **to produce** signifie souvent *montrer, tirer* (de sa poche) ; ex. : **to produce one's papers** : *montrer ses papiers* (à un agent de police).
4. syn. : **in spite of, despite.**
5. *« en s'occupant de la manipulation ».*
6. **to pluck :** *pincer les cordes* d'un instrument de musique ; ici, pour un accordéon : *faire sortir des notes.*
7. noter le sens de *touche* pour **key ; keyboard** : *le clavier* d'un instrument de musique ou d'un ordinateur.
8. autre traduction possible : *le clou.*
9. **camp-meeting :** *réunion religieuse* en plein air à l'occasion de la visite d'un pasteur itinérant en général ; on y chantait beaucoup.

Par chance le temps fut distrait par un accordéon, tiré ostensiblement de son sac par Tom Simson. En dépit de quelques difficultés à manipuler l'instrument, Piney Woods réussit à arracher de ses touches quelques mélodies qui sortirent comme à contrecœur, accompagnées par l'Innocent avec une paire de castagnettes en os. Mais la réjouissance qui couronna la soirée fut le rude hymne de réunion religieuse que les amoureux, main dans la main, chantèrent avec grand sérieux et force. Je crains qu'un certain ton de défi et un balancement de Covenantaire donné à son refrain firent plus qu'une quelconque qualité de dévotion pour le communiquer rapidement aux autres, qui se joignirent enfin au refrain :

Je suis fier de vivre au service du Seigneur
Et je suis prêt à mourir dans Son armée.

Les pins se balancèrent, la tempête tournoya et tourbillonna au-dessus du groupe misérable et les flammes de leur autel jaillirent vers le ciel comme un symbole de leur vœu.

A minuit la tempête faiblit, les gros nuages noirs se déchirèrent et les étoiles scintillèrent vivement au-dessus du camp endormi. M. Oakhurst, que ses habitudes professionnelles avaient rendu capable de vivre en dormant le moins possible, réussit d'une façon ou d'une autre, en partageant la veille avec Tom Simson, à prendre sur lui la majeure partie de ce service.

---

10. « *clameur* ».
11. membre de la secte du Scottish National Covenant de 1638 ; persécutée sous Charles II et James II, cette secte était connue pour sa foi militante. Du verbe **to convene :** *rassembler ;* **a convention** : *un congrès* (professionnel).
12. « *je suis lié, obligé* » ou « *je suis destiné* » *;* voir page suivante : **Luck is bound to change.**
13. **to eddy :** syn. : **to whirl, to swirl** : *tournoyer, tourbillonner.*
14. « *les nuages qui roulent* ».
15. **keen ;** *aigu ;* **keenly** : (ici) *de façon perçante.*
16. **duty :** *devoir, service ;* ex. : **The policeman was on duty that day,** *l'agent de police était de service ce jour-là.* **He'll do his duty,** *il fera son devoir ;* sens de *taxe :* **a duty-free shop,** une boutique où l'on achète des produits sans taxes.

He excused himself to the Innocent, by saying that he had "often been a week without sleep"[1]. "Doing what ?" asked Tom. "Poker !" replied Oakhurst, sententiously, "when a man gets a streak of luck[2] — nigger-luck[3] — he don't get tired. The luck gives in[4] first. Luck," continued the gambler, reflectively, "is a mighty queer thing. All you know about it for certain is that it's bound to change. And it's finding out when it's going to change that makes you[5]. We've had a streak of bad luck since we left[6] Poker Flat — you came along, and slap[7] you get into it, too. If you can hold your cards right along you're all right. For," added the gambler, with cheerful irrelevance[8],

"I'm proud to live in the service of the Lord,
And I'm bound to die in His army."

The third day came, and the sun, looking through[9] the white-curtained valley, saw the outcasts divide their slowly decreasing store[10] of provisions for the morning meal. It was one of the peculiarities of that mountain climate that its rays diffused a kindly[11] warmth over the wintry landscape, as if in regretful commiseration of the past. But it revealed drift on drift[12] of snow piled high around the hut ; a hopeless, uncharted[13], trackless[14] sea of white lying below the rocky shores to which the castaways[15] still clung[16].

---

1. « *il avait souvent été une semaine sans sommeil* ».
2. [strɪ:k] **a streak of luck :** *un coup de chance ;* **a streak** : *un court laps de temps ;* ne pas confondre avec **lucky strike** [straɪk] : *découverte soudaine* (d'un minerai précieux).
3. « *une chance de négro* » *:* **nigger** est un terme blessant pour **black, negro.**
4. syn. : **to yield** ; ne pas confondre avec **to give up** : *abandonner, s'arrêter :* **I gave up smoking. I give up !** : *J'abandonne, je donne ma langue au chat.*
5. sous-entendu : **a good gambler.**
6. emploi du prétérit après **since.**
7. **slap :** *clac ! pan ! toc ! ;* **to slap** : *donner une gifle.*
8. « *fait d'être hors de propos* » *;* **This is irrelevant** *: cela n'a rien à voir* (avec ce qui nous concerne).
9. « *regardant à travers* (d'un côté à l'autre de) *la vallée* ».

Il s'excusa auprès de l'Innocent en disant qu'il « s'était souvent passé de sommeil pendant une semaine ». « À quoi faire ? » demanda Tom. « Le poker ! » répondit Oakhurst sentencieusement, « quand un gars a un coup de veine — une veine insolente — il ne se fatigue pas. C'est la veine qui s'arrête la première. La veine », continua le joueur en réfléchissant, « est une chose bien étrange. Tout ce qu'on sait de certain sur elle, c'est qu'elle changera. Et c'est de trouver quand elle va tourner qui fait que vous êtes un bon joueur. Nous avons un coup de malchance depuis que nous avons quitté Poker Flat — vous êtes arrivés et brusquement vous voilà dedans aussi. Si vous savez tenir vos cartes le temps qu'il faut, ça va. Parce que », ajouta le joueur en changeant gaiement de sujet,

« Je suis fier de vivre au service du Seigneur
Et je suis prêt à mourir dans Son armée. »

Le troisième jour vint et le soleil, éclairant toute la vallée drapée de blanc, vit les bannis diviser leur stock diminuant de provisions pour le repas du matin. C'était l'une des particularités de ce climat de montagne que ses rayons diffusaient une chaleur bienfaisante sur le paysage hivernal, comme par une commisération pleine de regret pour le passé. Mais il révélait des amoncellements de neige haut empilés autour de la cabane ; il révélait une mer de blanc nexplorée, sans espoir ni piste, qui s'étendait sous le rivage ocheux auquel les naufragés s'accrochaient encore.

---

10. syn. : **stock ; to have in store** : *avoir en stock.*
11. *« aimable » ;* syn. : **gentle** ; noter l'expression : **Would you be so kind as to...** *Auriez-vous l'amabilité de... ;* **kind** (substantif) : *sorte* (**a kind of** : *une sorte de*).
12. *« congère sur congère » ;* **to drift** : *dériver* (poussé par le vent ou le courant).
13. *« non cartographié » ;* de **to chart :** *dresser la carte d'une contrée.*
14. *« sans trace » ;* de **track :** *trace* laissée par l'homme ou par un animal.
15. *« ceux qui sont drossés* (jetés par la mer) *au loin ».*
16. **to cling (clung, clung).**

Through the marvelously clear air, the smoke of the pastoral village of Poker Flat rose miles away. Mother Shipton saw it, and from a remote [1] pinnacle of her rocky fastness [2], hurled [3] in that direction a final [4] malediction. It was her last vituperative attempt, and perhaps for that reason was invested with a certain degree of sublimity. It did her good, she privately informed the Duchess. "Just to go out there and cuss [5], and see." She then set herself to the task of amusing "the child", as she and the Duchess were pleased to call Piney. Piney was no chicken [6], but it was a soothing [7] and ingenious theory of the pair thus to account for the fact that she didn't swear and wasn't improper.

When night crept up again through the gorges, the reedy [8] notes of the accordion rose and fell in fitful [9] spasms and longdrawn gasps [10] by the flickering [11] camp-fire. But music failed to fill entirely the aching [12] void left by insufficient food [13], and a new diversion was proposed by Piney — story-telling. Neither Mr Oakhurst nor his female companions caring to [14] relate their personal experiences, this plan would have failed, too, but for the Innocent [15]. Some months before he had chanced upon a stray [16] copy of Mr Pope's ingenious translation of the Iliad. He now proposed to narrate the principal incidents of that poem — having thoroughly [17] mastered the argument and fairly forgotten the words — in the current vernacular [18] of Sandy Bar.

---

1. syn. : far-away, distant.
2. **fastness :** *endroit isolé, bien défendu, éloigné* et *secret.*
3. syn. : to throw, to cast ; to hurl contient l'idée d'une grande violence dans le geste de jeter.
4. ⚠ **final** ['faɪnl] peut vouloir dire *final,* mais le plus souvent il signifie *définitif ;* ex. : his decision is final, *sa décision est sans appel.*
5. = to curse ; syn. : to swear.
6. *« un poulet » ;* to chicken out : *se dégonfler, ne pas oser.*
7. syn. : appeasing, calming.
8. de **reed** : *le roseau* (dont on faisait les flûtes).
9. **fitful :** *« plein d'accès »;* **a fit of anger** : *un accès, un coup de colère.*

Dans l'air merveilleusement clair, la fumée du village pastoral de Poker Flat s'élevait à plusieurs miles de là. Mère Shipton la vit et d'une cime éloignée de son repaire rocheux lança dans sa direction une dernière malédiction. Ce fut sa dernière tentative de hargne et, pour cette raison peut-être, elle fut investie d'un certain degré de sublimité. Cela lui fit du bien, en informa-t-elle en particulier la Duchesse. « Simplement d'aller là-bas, de jurer et de voir. » Puis elle se mit en devoir d'amuser « l'enfant », comme il lui plaisait, ainsi qu'à la Duchesse, d'appeler Piney. Piney n'était pas une poule mouillée, mais c'était de la part de ces deux-là une théorie rassurante et ingénieuse pour expliquer qu'elle ne jurait ni n'était de mauvaise réputation.

Quand la nuit se glissa à nouveau par les gorges, les notes flûtées de l'accordéon montèrent et tombèrent en spasmes irréguliers et en hoquets prolongés près du feu de camp vacillant. Mais la musique ne réussit pas à remplir le vide douloureux laissé par le manque de nourriture et Piney proposa une nouvelle diversion — raconter des histoires. Comme ni M. Oakhurst ni ses compagnes n'avaient envie de relater leurs expériences personnelles, ce plan aurait aussi échoué si l'Innocent n'avait pas été là. Quelques mois auparavant il était tombé par hasard sur un exemplaire égaré de l'*Iliade*, ingénieusement traduite par M. Pope. Il proposa alors de narrer les principaux événements de ce poème dans la langue courante de Sandy Bar — puisqu'il en avait complètement maîtrisé l'argument, mais en avait plutôt oublié les mots.

---

10. *« des spasmes tirés en longueur ».*
11. **to flicker :** *briller, lancer des éclairs brefs* ou *une lumière vacillante.*
12. ['eɪkɪŋ] de **to ache** ; syn. : **to hurt, to ail ; a headache, a toothache, a stomachache ; Where does it hurt you ?** *Où avez-vous mal ?*
13. *« par la nourriture insuffisante ».*
14. *« Ni M. Oakhurst, ni ses compagnons femmes ne se souciant de... »*
15. *« si ce n'est pour l'Innocent ».*
16. **stray** s'applique souvent à un animal ; ex. : **a stray-dog,** *un chien abandonné, sans collier ;* **to go astray :** *se détourner du bon chemin, se fourvoyer.*
17. syn. : **completely.**
18. *« l'idiome parlé localement ».*

And so for the rest of that night the Homeric demigods again walked the earth [1]. Trojan bully [2] and wily [3] Greek wrestled [4] in the winds, and the great pines in the canyon seemed to bow [5] to the wrath [6] of the son of Peleus [7]. Mr Oakhurst listened with quiet satisfaction. Most especially was he interested in the fate of "Ash-heels [8]", as the Innocent persisted in denominating the "swift [9]-footed Achilles".

So with small food and much of Homer and the accordion, a week passed over the heads of the outcasts. The sun again forsook [10] them, and again from leaden [11] skies the snowflakes were sifted over the land [12]. Day by day closer around them drew the snowy circle, until at last they looked from their prison over drifted walls of dazzling white, that towered [13] twenty feet above their heads. It became more and more difficult to replenish their fires, even from the fallen trees beside them, now half-hidden in the drifts. And yet no one complained. The lovers turned from the dreary [14] prospect and looked into each other's eyes, and were happy. Mr Oakhurst settled himself coolly to the losing game before him [15]. The Duchess, more cheerful than she had been, assumed [16] the care of Piney. Only Mother Shipton — once the strongest of the party — seemed to sicken and fade [17]. At midnight on the tenth day she called Oakhurst to her side. "I'm going [18]," she said, in a voice of querulous weakness, "but don't say anything about it.

---

1. = to live ; **He is the best man that ever walked the earth** : *C'est le meilleur homme qui ait jamais vécu* (foulé la terre).
2. **a bully :** *un fier-à-bras, une personne qui abuse de sa force ;* **to bully someone** : *chercher à intimider qqn.*
3. syn. : **shrewd, cunning, astute, clever.**
4. syn. : **to fight** ; **wrestling** : *le « catch », la lutte* (à mains nues).
5. **to bow** [bau].
6. syn. : **anger** ; **wrath** s'applique surtout à la colère divine.
7. **Peleus :** roi grec, époux de Thétis à qui la déesse Discorde offrit la célèbre pomme ; père d'Achille.
8. ['æʃ-'hɪ:lz] = *« frêne-talon »* qui correspond au son approximatif rendu par l'Innocent pour **Achilles** [ə'kɪlɪ:z].
9. syn. : **fast.**

Ainsi durant le reste de la nuit, les demi-dieux homériques foulèrent à nouveau la terre. Le Troyen bravache et le Grec rusé luttèrent dans le vent et les grands pins du canyon semblaient se courber sous le courroux du fils de Pélée. M. Oakhurst écoutait avec une satisfaction tranquille. Il s'intéressait plus particulièrement au sort de « Hache-île », comme l'Innocent persistait à dénommer « Achille au pied léger ».

Ainsi, avec peu de nourriture et beaucoup d'Homère, et l'accordéon, une semaine passa par-dessus la tête des bannis. Le soleil les abandonna et, de nouveau, les cieux plombés criblèrent la terre de flocons de neige. Jour après jour autour d'eux se resserrait le cercle de neige, jusqu'à ce que, enfin, de leur prison leurs regards passent au-dessus de murs de neige d'un blanc éclatant qui s'amoncelaient vingt pieds au-dessus de leur tête. Il devint de plus en plus difficile d'approvisionner leurs feux, même avec les arbres tombés non loin d'eux, maintenant à moitié cachés dans les congères. Et pourtant, personne ne se plaignait. Les amoureux se détournaient de cette morne perspective, se regardaient dans les yeux et étaient heureux. M. Oakhurst s'installait calmement pour la partie perdue d'avance qui l'attendait. La Duchesse, plus gaie qu'auparavant, prit sur elle de s'occuper de Piney. Seule Mère Shipton, autrefois la plus forte du groupe, semblait dépérir. Le dixième jour à minuit, elle appela M. Oakhurst à son côté. « Je vais mourir », dit-elle d'une voix faible et plaintive, « mais n'en dites rien.

---

10. **to forsake, forsook, forsaken ;** syn. : **to abandon, to give up.**
11. de **lead** [led] : *le plomb.* ⚠ le verbe **to lead** se prononce : [lɪ:d].
12. « *les flocons furent criblés sur la terre* ».
13. « *s'élevaient comme une tour* ».
14. syn. : **gloomy, somber, dark.**
15. ⚠ **before him :** *devant lui* (dans le temps) ; **in front of him** : *devant lui* (dans l'espace).
16. noter **to assume a rôle** : *prendre, assumer un rôle, faire semblant ;* mais **to assume** (intransitif) = **to suppose** ; ex. : **I assume that he will come,** *je pense qu'il viendra.*
17. « *devenir malade et se faner* ».
18. ⚠ **to go** veut ici dire *mourir ;* comme le français : *passer, trépasser.*

Don't waken the kids. Take the bundle[1] from under my head and open it." Mr Oakhurst did so[2]. It contained Mother Shipton's rations for the last week, untouched. "Give 'em to the child," she said, pointing to the sleeping Piney. "You've starved[3] yourself," said the gambler. "That's what they call it," said the woman, querulously, as she lay[4] down again, and, turning her face to the wall, passed quietly away[5].

The accordion and the bones[6] were put aside that day, and Homer was forgotten. When the body of Mother Shipton had been committed to[7] the snow, Mr Oakhurst took the Innocent aside, and showed him a pair of snowshoes[8], which he had fashioned[9] from the old pack-saddle[10]. "There's one chance in a hundred to save her yet[11]," he said, pointing to Piney ; "but it's there," he added, pointing toward Poker Flat. "If you can reach there in two days she's safe." "And you ?" asked Tom Simson. "I'll stay here," was the curt reply[12].

The lovers parted[13] with a long embrace. "You are not going, too[14] ?" said the Duchess, as she saw Mr Oakhurst apparently waiting to accompany him. "As far as the canyon," he replied. He turned suddenly, and kissed the Duchess, leaving her pallid face aflame, and her trembling[15] limbs rigid with amazement.

Night came, but not Mr Oakhurst. It brought the storm again and the whirling snow. Then the Duchess, feeding[16] the fire, found that some one had quietly piled beside the hut enough fuel to last a few days longer.

---

1. ici, *un sac, un baluchon ;* **a bundle** indique le regroupement de plusieurs objets ; ex. : **a bundle of sticks,** *un fagot de bois,* **a bundle of money,** *une grosse somme d'argent.*
2. « *fit ainsi* » ; autres traductions possibles : *s'exécuta* ou *fit ce qu'elle demandait.*
3. **to starve :** *mourir de faim ;* **to starve someone :** *affamer qqn.*
4. ⚠ prétérit de **to lie, lay, lain.**
5. **to pass away** = to die.
6. « *les castagnettes en os* ».
7. **to commit someone to something :** *confier qqn. à* (en général une institution : hôpital, maison de retraite, asile) ;

Ne réveillez pas les enfants. Prenez le balluchon dessous ma tête et ouvrez-le. » M. Oakhurst obéit. Il contenait les rations de Mère Shipton pour toute la semaine, intactes. « Donnez-les à l'enfant », dit-elle en montrant Piney endormie. « Vous vous êtes laissée mourir de faim », dit le joueur. « C'est comme ça que ça s'appelle », dit la femme plaintivement en reposant la tête et, se tournant vers le mur, elle rendit l'âme sans bruit.

L'accordéon et les castagnettes furent délaissés ce jour-là et Homère fut oublié. Quand le corps de Mère Shipton fut livré à la neige, M. Oakhurst prit l'Innocent à l'écart et lui montra une paire de raquettes qu'il avait confectionnées avec le vieux bât. « Il n'y a qu'une chance sur cent de la sauver », dit-il en montrant Piney, « mais elle est là-bas », ajouta-t-il en tendant le doigt vers Poker Flat. « Si tu peux atteindre le village en deux jours, elle est sauvée. » « Et vous ? » demanda Tom Simpson. « Je vais rester ici », répondit-il sèchement.

Les amoureux se quittèrent sur une longue étreinte. « Vous ne partez pas aussi ? » dit la Duchesse, en voyant M. Oakhurst qui attendait visiblement de l'accompagner. « Jusqu'au canyon », répondit-il. Il se retourna soudainement et embrassa la Duchesse, laissant son visage blême enflammé et ses membres tremblants raidis par la surprise.

La nuit vint, mais pas M. Oakhurst. Elle amena à nouveau la tempête et la neige tourbillonnante. Puis, en rechargeant le feu, la Duchesse remarqua que quelqu'un avait, sans rien en dire, empilé près de la cabane assez de bois pour quelques jours de plus.

⚠ **to commit oneself** : *s'engager, donner sa parole* ; **a commitment** : *un engagement.*

8. « *chaussures de neige* » ; ce que nous appelons des chaussures pour la neige se traduirait par **snow-boots**.

9. « *façonnées* ».

10. « *selle pour le paquetage* ».

11. **yet** est courant dans la langue populaire pour traduire *encore* dans les phrases affirmatives.

12. « *fut la sèche réponse* ».

13. syn. : **to leave one another**.

14. autre traduction possible : *vous aussi.*

15. syn. : **shaking** ; **to shake (shook, shaken)**.

16. *nourrir* ; **to feed a fire** : *alimenter un feu.*

The tears [1] rose to her eyes, but she hid [2] them from Piney.

The women slept but [3] little. In the morning, looking into each other's faces, they read their fate. Neither spoke ; but Piney, accepting the position of the stronger [4], drew near [5] and placed her arm around the Duchess's waist. They kept this attitude for the rest of the day. That night the storm reached its greatest fury, and, rending asunder [6] the protecting pines, invaded the very hut [7].

Toward morning they found themselves unable to feed the fire, which gradually died away. As the embers slowly blackened, the Duchess crept closer to Piney, and broke the silence of many hours : "Piney, can [8] you pray ?" "No, dear," said Piney, simply. The Duchess without knowing exactly why, felt relieved [9], and putting her head upon Piney's shoulder, spoke no more. And so reclining [10], the younger and purer pillowing [11] the head of her soiled sister upon her virgin breast, they fell asleep.

The wind lulled [12] as if it feared to waken them. Feathery [13] drifts [14] of snow, shaken from the long pine boughs, flew like white-winged birds, and settled about them as they slept. The moon through the rifted [15] clouds looked down upon [16] what had been the camp. But all human stain, all trace of earthly travail [17], was hidden beneath [18] the spotless mantle mercifully flung from above.

---

1. [tɪər] ; ⚠ ≠ to tear [tɛər].
2. **to hide (hid, hidden)** ; syn. : to conceal ; ≠ to disclose, to reveal.
3. sens de **but** ici : *si ce n'est, ne... que.*
4. *« acceptant la position de la plus forte » ;* la plus forte des deux, d'où le comparatif et non le superlatif en anglais.
5. **to draw near** = to come close, to approach.
6. *« déchirant en séparant » ;* **to rend (rent, rent) :** *déchirer ;* syn. : to tear (tore, torn) ; ne pas confondre rent participe passé de to rend avec to rent (rent, rent) : *louer* (une voiture, un appartement).
7. = the hut itself ; **very :** *même ;* ex. : The very thought of it scares us, *la pensée même de ceci nous effraie.*
8. **can** pour traduire le français *savoir ;* ex. : Can you swim ? *Savez-vous nager ?*

Les larmes montèrent à ses yeux, mais elle les cacha à Piney.

Les femmes ne dormirent que peu. Le matin, en se dévisageant l'une l'autre, elles lirent leur destin. Elles ne parlèrent ni l'une ni l'autre, mais Piney consciente du fait qu'elle était la plus forte des deux s'approcha et passa le bras autour de la taille de la Duchesse. Elles gardèrent cette attitude tout le reste de la journée. Cette nuit-là, la tempête atteignit sa plus grande fureur et, disjoignant les branches qui les protégeaient, envahit la cabane elle-même.

Vers le matin, elles se trouvèrent incapables d'alimenter le feu qui mourut petit à petit. Comme les braises noircissaient doucement, la Duchesse se rapprocha de Piney et brisa le silence de plusieurs heures : « Piney, sais-tu prier ? » « Non, ma chère », répondit simplement Piney. Sans savoir exactement pourquoi, la Duchesse se sentit soulagée et, posant la tête sur l'épaule de Piney, se tut. Reposant ainsi, la plus jeune et la plus pure soutenant sur son sein virginal la tête de sa sœur souillée, elles s'endormirent.

Le vent tomba comme s'il craignait de les éveiller. De légères traînées de neige tombant des longues branches des pins voletaient comme des oiseaux aux ailes blanches et se posaient autour des femmes endormies. À travers une déchirure dans les nuages, la lune contemplait ce qui avait été le camp. Mais toute tache humaine, toute trace de labeur humain, était cachée sous le manteau immaculé jeté miséricordieusement d'en haut.

---

9. [rɪlɪ:vd] ; **to relieve** donne le substantif **relief :** *aide* (financière) donnée aux indigents, *soulagement* (de la douleur) ; **to be on relief :** *être à l'assistance publique ;* **this drug will relieve pain :** *ce médicament soulagera la douleur.*
10. syn. : to **be lying back :** *être assis, presque couché.*
11. **pillow :** *l'oreiller ;* **to pillow** : *servir d'oreiller à.*
12. **a lull :** *une accalmie.*
13. « *légères comme des plumes* ».
14. « *des courants ;* de **to drift** : *dériver.*
15. **to rift** = **to rend** = **to tear** ; voir note 6, ci-dessus.
16. ici pris au sens propre ; sens figuré de **to look down upon :** *regarder de haut, d'un air méprisant :* **The long-established families looked down upon the newcomers,** *les vieilles familles méprisaient les nouveaux venus.*
17. ['træveɪl] *le dur travail, le labeur, l'épreuve.*
18. syn. : **under.**

They slept all that day and the next, nor did they waken[1] when voices and footsteps broke the silence of the camp. And when pitying fingers[2] brushed[3] the snow from their wan[4] faces, you could scarcely have told from the equal peace[5] that dwelt[6] upon them, which was she that had sinned[7]. Even the Law of Poker Flat recognized this, and turned away, leaving them still locked in each other's arms[8].

But at the head of the gulch, on one of the largest pine trees, they found the deuce of clubs[9] pinned to the bark with a bowie knife[10]. It bore the following, written in pencil, in a firm hand :

†
Beneath this three
lies the body
of
JOHN OAKHURST,
Who struck a streak of bad luck
on the 23d of November, 1850,
and
handed in his checks[11]
on the 7th of December, 1850.
†

And pulseless and cold, with a Derringer[12] by his side and a bullet in his heart, though still calm as in life, beneath the snow lay he who was at once the strongest and yet the weakest of the outcasts of Poker Flat.

---

1. syn. : to **wake up** ; **to be awake** : *être éveillé.*
2. *« des doigts qui prennent en pitié » ;* de **to pity** : *exprimer de la pitié.*
3. *« brossèrent ».*
4. syn. : **white, sallow, ashen.**
5. *« de la paix égale ».*
6. **to dwell (dwelt, dwelt) ;** syn. : to live, to inhabit.
7. *« laquelle était-elle qui avait pêché ».*
8. *« enfermées dans les bras l'une de l'autre » ;* de **to lock :** *fermer à clé, enfermer.*
9. [du:s] ; le deux de trèfle signifie la malchance.
10. ['bəuınaıf] de David Bowie, héros de l'Ouest américain mort durant la défense de Fort Alamo dans le Texas, qui a rendu ce type de couteau populaire.

Elles dormirent tout ce jour-là et le suivant et ne se réveillèrent pas quand des voix et des pas brisèrent le silence du camp. Et quand des doigts remplis de pitié écartèrent la neige de leurs visages blêmes, c'est à peine si l'on aurait pu dire laquelle était la pécheresse, tant la paix régnait également sur l'un et l'autre. Même la Loi de Poker Flat reconnut cela et se détourna, les laissant enlacées.

Mais à l'entrée du ravin, sur l'un des plus grands pins, ils trouvèrent le deux de trèfle fiché à l'écorce par un couteau de chasse. Il portait les mots suivants, écrits au crayon d'une main ferme :

†
Sous cet arbre
gît le corps
de
JOHN OAKHURST
Qui a eu un coup de déveine
Le 23 novembre 1850
et
touché ses derniers jetons
Le 7 décembre 1850
†

Sans pouls et froid, un *Derringer* à son côté et une balle dans le cœur, aussi calme que de son vivant, sous la neige, reposait celui qui était à la fois le plus fort et pourtant le plus faible des bannis de Poker Flat.

---

11. *« qui a rendu ses jetons » ;* il s'agit des jetons qu'on utilise pour jouer au casino. A la fin de la partie, le joueur passe à la caisse pour changer ses jetons en argent. L'expression pourrait se traduire par *rendre ses derniers comptes* ou *casser sa pipe.*
12. pistolet de gros calibre qui tient son nom de celui de son fabricant. Le *colt* était un autre pistolet célèbre de l'ouest. Les habitants du Far West appelaient souvent leurs revolvers à six coups leurs *six-shooters.* Pour les carabines, les plus célèbres étaient les *winchester,* toujours nommées d'après leur constructeur.

Révisions

Vous avez rencontré en lisant cette nouvelle les équivalents américains des expressions suivantes. Vous en souvenez-vous ?

1. Je pense qu'ils en ont après quelqu'un.
2. Vraisemblablement, c'est moi.
3. Le comité avait décidé de débarrasser la ville des indésirables.
4. Aucun mot ne fut prononcé par les exilés.
5. Le camp se trouvait à une journée de voyage.
6. Tu ne vaux pas un sou au jeu.
7. Je peux me débrouiller tout seul.
8. Un inventaire des provisions montra qu'ils pourraient durer dix jours de plus.
9. Cela ne servirait à rien de les effrayer maintenant.
10. Quand un gars a un coup de chance, il ne se fatigue pas.
11. Ni M. Oakhurst ni les femmes n'avaient envie de raconter leur vie.
12. Le deux de trèfle était fiché à un arbre par un couteau de chasse.

1. **I think they are after somebody.**
2. **Likely, it's me.**
3. **The committee had decided to rid the town of all improper persons.**
4. **No word was uttered by the outcasts.**
5. **The camp was distant a day's severe journey.**
6. **You can't gamble worth a cent.**
7. **I can shift for myself.**
8. **An inventory of their provisions showed that they could last ten days longer.**
9. **There is no good frightening them now.**
10. **When a man gets a streak of luck, he never gets tired.**
11. **Neither Mr Oakhurst nor the ladies cared to relate their experiences.**
12. **The deuce of clubs was pinned to a tree with a bowie-knife.**

Index

Achevé d'imprimer en novembre 1999
sur les presses de l'Imprimerie Bussière
à Saint-Amand (Cher)

POCKET - 12, avenue d'Italie - 75627 Paris Cedex 13
Tél. : 01-44-16-05-00

— N° d'imp. 2661. —
Dépôt légal : août 1995.

Imprimé en France